Georg Kreisler

Heute leider Konzert

Georg Kreisler

Heute leider Konzert

Drei Satiren

KONKRET LITERATUR VERLAG

Umschlaggestaltung: Peter Albers
Umschlagfoto: Onorio Mansutti
Satz: satzbau GmbH, Hamburg
Druck: Wiener Verlag, Himberg
ISBN 3-89458-203-0

INHALT

I. Heute leider Konzert 7

II. Mutter kocht Vater 91

III. Der Unvollendete 175

I.

Heute leider Konzert

VORWORT

Habt Acht! Uns dräeun üble Streich'.
Zerfällt erst das deutsch Volk und Reich,
in falscher wälscher Majestät
kein Fürst bald mehr sein Volk versteht,
und wälschen Dunst mit wälschem Tand
sie pflanzen uns in deutsches Land;
was deutsch und echt, wüsst keiner mehr,
lebt's nicht in deutscher Meister Ehr.
Ehrt eure deutschen Meister,
dann bannt ihr gute Geister;
und gebt ihr ihrem Wirken Gunst,
zerging in Dunst das heil'ge römsche Reich,
und bliebe gleich die heil'ge deutsche Kunst.

Richard Wagner (Die Meistersinger)

«Natürlich wollen sie in Israel den Wagner nicht spielen», sagte der dicke Außenminister kurz vor Beginn des Konzerts zu mir, «und von ihrem Standpunkt aus haben sie auch Recht.» Er rieb sich die Hände. «Kein Komponist hat das Deutschtum so verherrlicht wie Wagner, da war er genau wie Hitler, und das muss einem Juden ja schwer auf die Nerven gehen. Gegen den Obernazi Richard Strauß haben die Israelis nichts, der hat ja bloß den ‹Rosenkavalier› geschrieben und die ‹Salome› und die ‹Electra›, von deutschem Überpatriotismus keine Spur.

Aber das steht in keiner Zeitung, das merkt man bei uns gar nicht mehr, nicht einmal der Barenboim merkt das, so lang kommt er schon nach Deutschland. Bei uns sitzt man im Konzert und genießt ohne zu nachzudenken, denn dass die Deutschen allen anderen überlegen sind, ist selbstverständlich. Gräuelnachrichten von irgendwo interessieren uns nicht, das steht schon im ‹Faust›, wenn hinten weit in der Türkei die Völker aufeinander schlagen, nicht wahr? Was hat das mit uns zu tun, das ist ja nichts Neues. Die

Frau Stadträtin ist auch hier, sehen Sie? Die will auch Deutschland weiterbringen, nicht vielleicht Europa, nur Deutschland, deswegen ist sie ja Stadträtin geworden.

Und die Konzerte sind alle ausverkauft. Die Menschen haben den falschen Standpunkt, und den wollen sie sich im Konzert bestätigen lassen, so lang es geht. Mit Schäumen kommt man da nicht weiter. Oder wollen Sie sich vielleicht in eine härene Kutte hüllen, die laufen ja jetzt überall herum, die härene Krishna, aber jeder macht, was er will, und die Frau Stadträtin tut, was sie kann, aber was kann sie schon tun, außer Stadträtin werden?

Ich will Sie einmal etwas fragen: Meinen Sie, es ist egal, ob man Stadträtin ist oder Hare Krishna? Fragen Sie einmal die Frau Stadträtin, die wird bestimmt nicht sagen, dass es egal ist. Und die Hare-Krishna-Frau wird auch nicht sagen, dass es egal ist, denn jeder muss leben, wie er es für richtig hält, und sich nicht um die anderen kümmern. Leben ist Ansichtssache. Und natürlich auch Zufall. Es hätte alles genau so gut umgekehrt sein können, denn das Leben besteht aus Kleinigkeiten. An den Konzerten werden Sie mit einem Buch gar nichts ändern können, außer wenn es zu spät ist.

Wir sind ja Gott sei Dank nicht allein auf der Welt, und Konkurrenz ist etwas Schönes, wenn man gewinnt. Der eine wird Neger, der andere Jude, der Dritte Außenminister wie ich, also wer gewinnt? Heute ist ein Galakonzert, wie so viele, trotz der Neger, trotz der Holocaustüberlebenden, die Frau Stadträtin ist da, eine sehr liebenswürdige Dame, und ich bin immerhin Außenminister, also ist sie nett zu mir. Nichts gegen Neger oder Juden, aber jeder kennt mich, jeder weiß, wer ich bin.

Natürlich ist was dran an dem großen Gefälle, also dass der eine verhungert, und bei uns füttern sie die Kinder mit Kaviar. Und es ist auch was dran an der Großindustrie und an den Atomkraftwerken. Man muss damit fertig werden, bevor man stirbt. Sie leben doch selbst nicht schlecht, fahren ein schönes Auto, nicht wahr, und im Winter nach Florida, und Ihre Frau hat ein paar Pelzmäntel, also was wollen Sie von den Konzerten? Es zwingt Sie ja niemand, in ein Konzert zu gehen, aber lassen Sie doch die Leute in Ruhe! Wer will, darf gehen und drinnen träumen, das sage ich Ihnen, ich, der Außenminister, wenn das kein Beweis ist! So, jetzt klingelt die Glocke, das Konzert beginnt. Das merken Sie doch auch, dass die Sirene noch nicht heult, sondern die Glocke klingelt, also gehen wir hinein!»

I

> Jedes Mal, wenn ich in Deutschland einen Konzertsaal betrete, rinnt mir der kalte Schauer über den Rücken ... Das ist der Ort, wo die deutsche Kleinbürgerseele sich am eindringlichsten und mit der ganzen Schamlosigkeit des Unbeobachtetseins demaskiert.
>
> Hans Heinz Stuckenschmidt

In unseren Konzertsälen rinnt das Blut. Die Pauken schießen, die Geigen klirren, der Dirigent blitzt, die Oboen beißen um sich, die Trompeten reißen das Publikum in Stücke und aus den Posaunen steigt der Rauch der Verwesung. Befrackte Damen versuchen vergeblich, Mozart mit einem Eishauch wieder zum Leben zu erwecken, hungernde Kinder krepieren zwischen goldenen Stühlen, und aus der großen Tuba hängt ein zerfetzter Frauenarm. Schau, Erna, von den Harfensaiten tropft eine gelbliche Flüssigkeit, die wird von pensionierten Chorsängern in Flaschen abgefüllt und in der Pause als Sekt verkauft.

Wir, das Publikum oder in Ausnahmefällen die Musiker, wir gleichen dem in der Frühlingssonne grausam mit der Maus spielenden Kätzchen. Sind wir wirklich nicht klüger? Wir erscheinen in festlicher Stimmung, blöde glotzend, zum Kannibalenschmaus. Warum wird der Saal nicht von trauernden Müttern gestürmt? Warum wirft man von der Galerie keine verbrannten Leiber ins Parkett? Ach, käme das Publikum nur einmal in den Saal und zwischen den Sitzreihen lägen Kriegsleichen, stünden nur einmal Panzer auf dem Podium, die dann plötzlich losdonnerten, wären nur ein einziges Mal die Platzanweiser mit Maschinengewehren bewaffnet! Auch Geld sollte überall herumliegen, befleckte, halb zerrissene Dollarnoten, in denen das Publikum während der Freischütz-Ouvertüre wühlen könnte.

Arthur Huber, einarmiger Rechtsanwalt aus Uelzen, betritt mit seiner Frau Helga den Saal, in der einen Hand die Eintrittskarten, in der gleichen Hand das Programmheft, am gleichen Arm seine Frau, mit dem gleichen Gesicht lächelnd.

«Auf den Bruckner freue ich mich», sagt Frau Helga.

«Bruckner ist tot», antworte ich, «er kann heute Abend nicht kommen.»

«Wir wissen, dass er tot ist», mischt sich Herr Huber ein, «aber er wird trotzdem mit uns sein – durch seine Musik. Außerdem ist es mir völlig egal, ob er lebt oder tot ist.»

«Ihm nicht!», widerspreche ich.

«Dafür ist es ihm egal, ob ich lebe oder tot bin», sagt Herr Huber, «so ist es heutzutage überall. Der eine schreibt Musik, der andere Prozessakten. Mehr will ich dazu nicht sagen, denn das Konzert wird gleich beginnen. Ich verstehe nichts von Musik, aber sie gibt mir ein angenehmes Gefühl. Außerdem gefällt mir die Atmosphäre des Konzertsaals, denn ich sage mir, wenn es hier so feierlich ist, dann bin ich auch feierlich. Ich bin ein feierlicher Rechtsanwalt, der mit seiner feierlichen Frau im Konzert sitzt. Zuerst spielt man Haydn, den ich persönlich nicht gekannt habe und dessen Musik ich nicht beurteilen kann, dann Bruckner, auf den dasselbe zutrifft, aber ich habe immer wieder gehört, dass sie Musik komponiert haben, die von Fachleuten als genial bezeichnet wird, also bin auch ich genial. Würde man hingegen Musik von einem Herrn Holzinger spielen, dann wäre ich nicht hier, denn der Name ist mir unbekannt. Würde ich Herrn Holzinger persönlich kennen, dann wäre ich schon gar nicht hier, außer er wäre ein Mandant von mir. Aber ich kann mir nicht vorstellen, dass ein Mandant von mir Musik komponiert. Wäre Bruckner ein Mandant von mir gewesen, dann wäre das natürlich eine große Ehre für mich, wohingegen mir ein Herr Holzinger, der fragwürdige Musik komponiert, gar nichts bedeutet. Denn Bruckner war genial, und Holzinger ist nicht genial, es sei denn, jemand sagt, Holzinger ist tot, und Holzinger war genial. Aber das geht nicht von heute auf morgen, wenigstens bei mir nicht. Dazu kommt: Hier bei Haydn und Bruckner sind wir geborgen, aber wird es immer so bleiben? Eines Tages werden die Asiaten hier sitzen bei Bruckner und Haydn und Mozart und Holzinger, und wir werden draußen bleiben müssen. Wenn einer oben ist, muss der andere unten sein, das weiß ich aus meinem Beruf. Und jetzt Ruhe! Das Konzert beginnt, und wir sind oben.»

«Ich liebe Bruckner», erklärt Frau Helga, «ich liebe Bruckner, als ob er wirklich gelebt hätte.»

«Wie bitte?», frage ich.

«Ach so», sagt sie, «Sie sind mir ja ein Feiner! Sind Sie etwa der Meinung, dass es Coca Cola gibt oder Persil? Es gibt nämlich kein Persil, es gibt nur Seife, und genau so verhält es sich mit Bruckner. Natürlich gibt es Musik, aber das hat doch nichts mit der lächerlichen Werbekampagne zu tun, in der behauptet wird, es habe einmal einen Menschen namens Anton Bruckner gegeben.»

«Aber die Musik ist doch von ihm!»

«Mit seiner Musik ist es so wie mit der Stimme von Donald Duck», meint Frau Helga, «die gibt es auch, aber Donald Duck gibt es keinen.»

«Selbstverständlich gibt es keine Ente, die sprechen kann», gebe ich zu.

«Eine sprechende Ente wäre weit glaubhafter als die Figur, von der man uns einreden will, sie sei ein frommer Trottel namens Anton Bruckner gewesen», behauptet Frau Helga. «Die Musik ist natürlich schön, aber auch die pausbäckigen Englein, die ein gewisser Herr Michelangelo gemalt haben soll, sind nicht übel.»

«Den hat's auch nicht gegeben?»

«I wo», sagt Frau Helga, «denken Sie doch einmal logisch: Als Sie ein Kind waren, erzählte man Ihnen, es gäbe einen Weihnachtsmann, und Sie haben es geglaubt. Dann erzählte man Ihnen, es gäbe keinen Weihnachtsmann, und das haben Sie wieder geglaubt. Aber niemand sagte Ihnen, dass es keinen Bruckner oder Beethoven gab, und jetzt lassen Sie es sich nicht mehr ausreden. Jetzt glauben Sie an Bruckner und Beethoven und wie die Figuren alle heißen.»

«Aber es gibt doch einen Unterschied zwischen dem Weihnachtsmann und historisch nachweisbaren Persönlichkeiten!»

«Historisch nachweisbar?», höhnt Frau Helga. «Historisch nachweisbar ist das Geld, das mit Kindermärchen und Konzerten verdient wird. Historisch nachweisbar sind die Spießer, die an Kindermärchen und Konzerte und Vaterland glauben. Aber Beethoven selbst, der arme, taube, große Deutsche, ist doch nicht historisch nachweisbar.»

«Nun», sage ich, «vielleicht waren Beethoven oder Bruckner anders als man sie heute darstellt. Aber es hat sie doch gegeben, und das ist das Wesentliche.»

«Nein», widerspricht Frau Helga, «wesentlich sind die Schallplatten, die Konzerte, die Gagen, die Jugenderziehung, der Staat, der Krieg und die Phantasie.»

«Die Phantasie?»

«Natürlich», antwortet Frau Helga, «jede Werbung muss die Phantasie ansprechen. Versuchen Sie einmal, eine Seife zu verkaufen, die Meier heißt! Auch Bruckner ist nichts anderes als ein Markenartikel. Und selbst, wenn es ihn gegeben haben sollte, wäre es für uns unerheblich.»

Nun kommt der Dirigent, man applaudiert, die Musik beginnt, und man ist unter sich. Weiße Riesen schweben durch den Raum, Kukident-Zähne blitzen, und aus den Flöten girrt ein Mainzelmännchenkichern. Papa Haydn grinst um die Ecke, im Garten steht ein weißgedeckter Tisch, hinter dem gepflegte, taftfrisierte Kinder mit sonnengebräunten Krocketschlägern Fangen spielen. Frau Tinti, eine liebenswürdige Schmetterlingsdame, bittet zum Tee. Eine Pendeluhr schlägt Apfelkuchen, und über allem wölbt sich der blaue Himmel. Wie schnell verrinnt die Zeit! Abitur haben wir ja alle. Wie quälend war das damals, wohingegen heute, na ja, wir mussten alle, heißt es nicht Adagio, dieser langsame Geigenklang? Aber er ist kein erstklassiger Dirigent, dazu ist er nicht elegant genug, bis auf das weiße Haar, das ist natürlich sehr gekonnt, und überhaupt muss ich bald etwas mit den Hämorrhoiden tun. Natürlich haben wir auch die CD, aber gespielt haben wir sie nie, außer neulich, als die Zimmermanns da waren, aber die haben weitergeredet, jetzt ist auch der zweite Satz vorüber, Räuspern.

Fräulein Kramer schüttelt die langen blonden Locken. Ob ich wohl die richtige Brille anhabe, denkt sie.

«Fräulein Kramer», mahne ich, «Sie sind jung, Sie haben noch eine Chance.»

«Ich will keine Chance», flüstert sie zurück, «ich will Beethoven und wie sie alle heißen. Ich will eine Wohnung wie Mama, aber schöner. Ich will zeigen, dass ich es schaffe, sonst wäre ich gar nicht hier.»

«Fräulein Kramer», flehe ich, «man schüttet Gift ins Meer, die Fische sterben, das Wasser verfault, ohne Wasser kein Haarbleichmittel.»

«Dann sind wir eben alle tot», sagt sie, «aber was soll ich dagegen tun? Nein, ich bin Lucy Kramer, kein Märtyrer, ich will einen Mann, nicht den, mit dem ich hier bin, der ist eine Notlösung.»

«Fräulein Kramer», beginne ich wieder, «Sie haben ein schönes Elternhaus, einen guten Posten und genug Geld für die nötigsten Annehmlichkeiten. Warum sind Sie trotzdem unzufrieden? Weil Sie zufrieden sind, obwohl Ihnen bewusst ist, dass Sie in einer ungerechten und rein materiellen Welt leben. Also kämpfen Sie, Fräulein Kramer! Finden Sie zu sich!»

«Beethoven», antwortet sie, «der arme, taube Beethoven, der liebe, süße Mozart, der unnahbare, stolze Wagner, Papa Haydn, der clevere Jude Mendelssohn, der fromme Bach, der Melodien verströmende am Brunnen vor dem Tore Oberon – das ist die Welt! Oberon!»

II

> Musiker zeichnen sich durch einen fühlbaren Mangel an Humor aus ... weil sie so musikalisch sind, was sie oft mit musisch verwechseln. Besonders die Frauen hassen das Gemeine, sind unentwegt edel und schweben hörbar eine Handbreit über dem Erdboden. So: «Ich bin eine Hohepriesterin der Musik, und das will ich mir auch ausgebeten haben.»
>
> Kurt Tucholsky

Wer Musik betreiben will, muss Geschlechtsverkehr betreiben. Hingegen, wer Konzerte besucht, kann nicht gleichzeitig mit jemandem im Bett liegen. Musik hat immer etwas mit Geschlechtsverkehr zu tun, Konzerte nie. Deswegen gehen kluge Musiker verhältnismäßig selten in Konzerte.

Dieser Unterschied zwischen Musik und Konzerten wird von Musikwissenschaftlern erstaunlich oft übersehen. Dabei ist es augenfällig, dass jeder ausübende Musiker irgendein Instrument zur Verfügung hat, an dem er sich sexuell betätigen kann: Geigen und Bratschen werden mit ausgebreiteten Armen ans Kinn genommen, Celli gar zwischen die Beine. Der Kontrabass verlangt, dass man ihn fest umschlingt und sich zu ihm hinabbeugt, während er einen überragt: Ein Strindberg'sches Frauensymbol!

Blasinstrumente werden geblasen. Mehr ist dazu kaum zu sagen. Natürlich werden sie auch geküsst und gefingert und zum Stöhnen und Schreien gebracht, aber das sind schon Feinheiten.

Schlaginstrumente werden geschlagen, und auch das spricht schon für sich. Es ist zwar ein großer Unterschied, ob ich ein Triangel, welches selbstverständlich ein weibliches Geschlechtsorgan symbolisiert, hochhalte und es mit einem Stäbchen, welches selbstverständlich ein männliches

Geschlechtsorgan symbolisiert, zum Schwingen bringe oder ob ich mir eine große Trommel vor den Bauch binde und mit ihr durch die Straßen marschiere, während ich auf sie eindresche. Dass aber beide Tätigkeiten starke sexuelle Elemente beinhalten, ist nicht zu bestreiten.

Auch das Spielen anderer Instrumente, wie Klavier, Harfe oder Orgel, ist erosbetont. Man fingert, zupft, tritt – kurz, man benimmt sich zu seinem Instrument wie zu einem Geschlechtspartner. Dazu kommt, dass man ihm Töne entlockt. Diese Töne sind zwar vorgeschrieben, aber das sind sie ja im Bett meistens auch. Außerdem hat man Freude an seiner Technik, und man bestimmt den eigenen Rhythmus, alles wie im Bett.

Nur das Publikum bleibt passiv. Es hat nichts in den Händen, nichts unterm Kinn, im Mund oder auf dem Bauch. Es sitzt still und sieht und hört zu. Es ist frustriert und absolviert das Ganze wie eine Pflichtübung. Es gehorcht dem Grundsatz: Beherrsche dich, der Staat will es so.

Ein Wort über Jazzkonzerte, denn da ist es umgekehrt: Jazzkonzerte kamen erst einige Jahre nach dem Zweiten Weltkrieg in Mode. Ihre Vorläufer waren Tanzveranstaltungen, Fünf-Uhr-Tees und dergleichen. In den Tanzveranstaltungen konnte das Publikum aktiv sein, das Orchester ignorieren und sich aneinander reiben. Konsequenterweise wurde das Orchester bei den Tanzveranstaltungen allmählich weggelassen, und Diskotheken kamen in Mode. Der nächste Schritt waren die Jazzkonzerte, bei denen das Publikum schrie, Stühle zertrümmerte und in Ekstase geriet. Die Musiker auf der Bühne hingegen wurden immer apathischer, und auch das Musikinstrumentarium änderte sich dementsprechend. Die Gitarre, ein verhältnismäßig asexuelles Instrument, erlebte einen gewaltigen Aufschwung und wurde sogar elektrifiziert, was vom Spieler noch geringere Körperbewegungen erforderte. Auch der Kontrabass, das Klavier und andere Instrumente wurden elektrifiziert, Schlagzeugrhythmen wurden durch Knopfdruck elektronisch hergestellt, sogenannte Synthesizer, die jedes beliebige Instrument täuschend imitieren konnten, entstanden. Die Orgien, die bei klassischen Orchesterkonzerten auf dem Podium stattfanden, fanden nun bei Jazzkonzerten im Publikum statt. Auf der Bühne standen nur ein paar Musiker, die sich kaum bewegen mussten, um ihre Instrumente zu bedienen. Wenn sie sich doch bewegten, taten sie es außerhalb ihrer musikalischen Tätigkeit, wurden quasi ihr eigenes Publikum.

Bei klassischen Konzerten gibt es zwar auch Leute, die imstande sind, die Augen zu schließen und sich ins Bett zu denken, aber das sind Ausnahmen. Die meisten sitzen wie in der Schule, blicken fasziniert auf das Podium, ein paar Übereifrige kontrollieren die Tempi, die Dynamik oder sonst einen musiktechnischen Aspekt, der Rest konzentriert sich auf den Dirigenten.

Der Dirigent gehört nicht zum Orchester. Er ist eine Art privilegierter Zuhörer. Er feuert das Geschehen an, manchmal leitet er es sogar, aber er nimmt daran nicht teil. Er vertritt die Interessen des Publikums, muss daher auch optisch attraktiv und überzeugend wirken. Er ist der Vermittler zwischen den ekstatischen Musikern mit ihren stöhnenden Sexsymbolen und der mehr oder weniger apathischen Masse. Er bestimmt Anfang und Ende des Rituals und bisweilen auch dessen Höhepunkte. Streng genommen, onaniert er.

Der Komponist des Konzerts ist tot, auch wenn er noch nicht gestorben ist. Er hat beim Komponieren kaum an Geschlechtsverkehr gedacht, nur an seine Musik. Für das Konzert ist er Vorwand, nicht Bedingung, das heißt, es könnte auch ohne ihn stattfinden. Er thront unsichtbar über dem Geschehen und gehört nicht dazu. Kein Mensch glaubt ihm, dass er die Orgie, die auf dem Podium stattfindet, wirklich geschrieben hat, denn Orgien kann man nicht schreiben. Deswegen sind Komponisten fast immer tragische Figuren.

Zwischenspiel

Meine Freundin, die ein Hündchen mit drei Beinen hat
und auch von Vögeln was versteht, jedoch nur einen hat,
die nahm ich unlängst ins Konzert.
Zuerst war sie total verstört,
doch plötzlich rief sie voller Glück:
Wie wunderbar ist doch Musik!

Wenn ich jetzt in der Fabrik so lange sitzen muss,
dass mir das Steißbein schon so weh tut, dass ich schwitzen muss,
dann denk ich einfach zwischendrein
an Bernstein, Milstein, Rubinstein –
und sofort fühl ich mich wohl in meiner scheußlichen Fabrik.
Wie wunderbar ist doch Musik!

Viola d'amore!
Wie klingt sie im Ohre so hehr.
Wer Alban Berg schafft,
braucht keine Gewerkschaften mehr.
Auch beim alten Bach
werde ich immer schwach.
Haydn ist entzückend, wenn ich Kugellager mach.
Hör ich Debussy
am après-midi,
stören mich meine Überstunden nie.

Und ein zerlumpter alter Perser tief in Teheran
sah sich eines Tags die «Zauberflöte» näher an.
Und trotz Hungerödemen, Rachitis und Ruhr,
studierte er genau die Partitur
und rief noch im Sterben mit brechendem Blick:
Wie wunderbar ist doch Musik!

Als ein Staatsmann das vernahm, sprach er: Da frag ich
mich,
wenn Musik so viel vermag, ja, wozu plag ich mich?
Bringt mir flink den «Nibelungenring»
und die schönsten Oratorien von Humperdinck!
Ich hab genug von Politik,
von jetzt an gibt's für mich nur noch Musik!

Auch alle anderen Politiker
riefen: Schluss mit der Macht! Wir haben sie dick.
Nur die Schweizer wurden Kritiker,
alle anderen machten Musik.
Jeder wollte ganz besonders musikalisch sein.
Es gab Kanzlerorchester, einen Bürgermeisterchor.
Zwar es konnte nicht gleich jeder ein Sawallisch sein,
doch wer nichts konnte, wurde halt Tenor.

Und die ganze Welt fing wunderbar zu klingen an,
denn es gibt ja schließlich niemand, der nicht singen kann.
Über Nacht war alle Not vorbei.
Man stellte fest: Der Mensch ist frei,
und von Freiheit führt kein Weg zurück.
Keiner wollte irgendwelche Kriege führen
oder einen ehrgeizigen Plan forcieren.
Jeder war durchdrungen und durchklungen von Musik.

III

> Was zu dumm ist, um es auszusprechen, das singt man.
>
> Beaumarchais

Der trübselige Bruno saß am Waldesrand und blickte abgehärmten Auges ins Leere. Da kam ein fescher Heldentenor vorbei.

«Warum bist du so trübsinnig, oh Bruno?», fragte der Heldentenor. «Warst du lange nicht in der Oper?»

«Eben weil ich immer wieder in der Oper war», entgegnete Bruno, «bin ich trübsinnig, gramgebeugt, trostlos, träumerisch.»

«Oh, Bruno», sagte der Heldentenor, «du darfst die Oper nicht so ernst nehmen. Sie ist nur ein Spielzeug.»

«Gestern war ich im Spielzeug ‹Zar und Zimmermann›», erzählte Bruno, «da singt der Zar: ‹Einst spielt ich mit Zepter, mit Krone und Stern, das Schwert schon als Kind, ach, ich schwang es so gern›».

«Ich weiß», sagte der Heldentenor, «das ist ein widerlicher Text. Den Zar sang bei uns immer ein gewisser Jaroslav Pomeisl, der sich Karsten Hedin nannte. Ein schrecklicher Mensch! Frustriert, weil er lieber Tenor gewesen wäre, dabei war er nicht einmal ein Bariton. Schon der Zar war ihm zu anstrengend.»

«Ich wollte ja nur auf die Grausamkeit des Textes hinweisen. Das Schwert schwang er schon als Kind gern, der Herr Zar! Und das nennst du ein Spielzeug!»

«Den Text versteht sowieso niemand», erläuterte der Heldentenor, «und die Musik schon gar nicht. Außerdem muss man das aus der Sicht Lortzings sehen. Es war eine andere Zeit.»

«Ich sehe es aus meiner Zeit», erklärte der trübsinnige Bruno. «Vorgestern war ich in der ‹Zauberflöte›. Auch ein entzückendes Spielzeug! Das fängt schon damit an, dass ein Mensch vor Angst in Ohnmacht fällt, dann wird einem harmlosen Waldschratt ein Schloss vor den Mund gehängt, so dass er nicht mehr sprechen kann, geschweige denn singen, ein Neger wird zu siebenundsiebzig Stockschlägen auf die Fußsohlen verurteilt, eine junge Frau wird nicht zu ihrem Geliebten gelassen und damit bis an den Rand des Selbstmords getrieben –»

«Ich weiß», sagte der Heldentenor, «aber das sind die Freimaurer. Die nimmt doch kein Mensch ernst. Bei der ‹Zauberflöte› dreht es sich aber um die Musik, und die ist genial.»

«Man spielt aber nicht die Musik, sondern die Oper», insistierte der trübsinnige Bruno, «aber lassen wir das! Vorvorgestern war ich bei ‹Carmen›.»

«Ja, ja», meinte der Heldentenor, «‹Carmen› ist eine unerquickliche Affäre. Bei der Uraufführung ist die Oper ja durchgefallen. Andererseits ist ‹Carmen› ein tiefschürfendes Drama, das darf man nicht vergessen. Die Carmen selbst soll ja ein abschreckendes Beispiel sein. Sie wird als verantwortungsloses Weibsbild dargestellt, und am Schluss wird sie gerechterweise erstochen. Wäre der Don José bei seiner Micaela geblieben, dann wäre die ganze Tragödie nicht passiert, das will der Autor damit aussagen. Aber es ist sinnlos, über Opernbücher zu diskutieren, denn jeder weiß, dass die meisten nichts wert sind. Sicherlich sind manche auch grausam, aber vor allem sind sie doch Anlass für die Musik, und da können sie so blöd sein wie sie wollen.»

«Blöd sind sie nicht», erklärte der trübsinnige Bruno, «denn sie haben Methode. Wenn es nur um die Musik ginge, könnte man die Opern auch von hinten nach vorn spielen oder ‹tralala› singen, statt den vorgeschriebenen Text.

Aber vorvorgestern war ich in der ‹Regimentstochter›, und da hat die Sängerin ganz deutlich gesungen: ‹Heil dir, mein Vaterland, das solche Helden zeugt, oh, könnt' ich euch folgen, mein Ziel war erreicht›.»

«Den Text hast du genau verstanden?»

«Sicher versteht man nicht jedes Wort», gab Bruno zu, «aber man weiß, worum es geht. Es geht um die Verherrlichung der bestehenden Herrschaftsverhältnisse, und es geht um die Fortsetzung der Bühne hinunter in den Zuschauerraum. Was oben geschieht, soll auch unten geschehen, damit die Leute beruhigt sind und meinen, es müsse so sein.»

«Ja, muss es denn nicht so sein?» fragte der Heldentenor. «Meinst du, es wäre anders, wenn es keine Oper gäbe? Ist es denn anders bei Leuten, die nie in die Oper gehen?»

«Man tut, was man kann», behauptete der trübsinnige Bruno. «Ich frage mich nur, warum Leute, die singen gelernt haben, so schreckliche Dinge singen.»

«Man singt, was man einen singen lässt», meinte der Heldentenor, «wenn man singen kann, kann man alles singen, schreckliche Dinge, liebliche Dinge, dumme Dinge, kluge Dinge – alles. Und – du wirst lachen – man will auch alles singen.»

«Wer liebliche Dinge wirklich von Herzen singen kann, sollte keine schrecklichen Dinge singen», mahnte der trübsinnige Bruno. «Weißt du eigentlich immer, was du singst?»

«Keine Spur», lachte der Heldentenor. «Ich weiß natürlich, ob ich ein A singe oder ein F, aber der Text ist für mich nur am Rande interessant.»

«Warum singst du dann den Text?»

«Weil er da ist», erklärte der Heldentenor. «Es wäre unverantwortlich, keinen Text zu singen, wenn einer da ist.»

«Gerade hast du gesagt, man verstünde ihn sowieso nicht.»

«Aber man verstünde es, wenn man keinen Text sänge»,

sagte der Heldentenor. «Wenn ich mir vorstelle, ‹Lohengrin› auf ‹tralala› – nein, unmöglich! Ich gebe zu, es ist unlogisch, denn man singt ja manche Opern auf italienisch, ohne dass irgendjemand italienisch versteht. Andererseits würde kein Komponist eine Oper ohne Textbuch komponieren.»

«Eben», meinte Bruno, «die Komponisten wussten also genau, was sie vertonten. Mozart muss gewusst haben, dass Sarastro ein grausamer Despot war, Wagner wusste, was er in seinem Deutschwahnsinn verherrlichte, ebenso Beethoven und Verdi und wie sie alle heißen. Die Komponisten wussten es, die Sänger wissen es, das Publikum weiß es, und deswegen werde ich in der Oper immer trübsinnig.»

«Willst du die Oper abschaffen?», fragte der Heldentenor.

«Wäre nicht schlecht», sagte der trübsinnige Bruno.

Der Heldentenor schüttelte den Kopf. Ein paar Sekunden lang überlegte er, ob er den Beruf wechseln sollte. Er war bei einem Goldschmied in der Lehre gewesen, und als junger Mann hatte er ein bisschen Fußball gespielt. Ich könnte einen Juwelierladen aufmachen, dachte er, oder Schiedsrichter werden. Aber dann seufzte er und sagte: «So viele Leute wollten die Oper schon abschaffen, aber es ist ihnen nicht gelungen. Außerdem gibt es auch ganz harmlose Opern.»

«Nenne mir zwei.»

Der Heldentenor dachte nach. «Es muss welche geben», meinte er, «mir fällt nur gerade keine ein.»

«Mir auch nicht», sagte der trübsinnige Bruno.

«Aber im Sprechtheater ist es auch nicht anders», behauptete der Heldentenor, «es gibt kaum ein Theaterstück, in dem nicht widerliche Dinge vorkommen.»

«Das ist etwas anderes», widersprach Bruno, «im Sprechtheater herrschen klare Verhältnisse. Der Schurke bleibt Schurke, und das Publikum ist auf der Seite des Guten.

Aber ein Schurke, der einen faschistoiden Text wie ‹Auf in den Kampf, Stolz in der Brust, siegesbewusst› mit hübschen Melodien verbrämt und dafür Applaus kriegt, ist mir unsympathisch.»

«Mit dem Applaus hast du recht», bestätigte der Heldentenor. «Jedes Mal freue ich mich, wenn applaudiert wird, und jedes Mal ärgert es mich, dass ich mich freue.»

«Du bist ausnahmsweise ein intelligenter Heldentenor», sagte Bruno. «Du bist eigentlich mehr Held als Tenor. Wieso lässt man dich überhaupt noch singen?»

«Man lässt mich singen, damit ich nicht anfange zu denken», sagte der Heldentenor.

IV

> Wo und sofern die heute herrschende Klasse noch an den traditionellen Kulturwerten festhält, geschieht dies mit dem nämlichen rituellen Zynismus, mit dem von der Verteidigung der freien Welt, freien Unternehmertums, der Bürgerrechte und des Individuums geredet wird. Zynismus: denn keine Ideologie kann mehr die Tatsache verschleiern, dass diese herrschende Klasse die einmal in diesen Institutionen enthaltenen Produktivkräfte nicht mehr fortentwickelt, sondern fesselt und missbraucht.
>
> Herbert Marcuse

«Zum Musizieren kommt man in meinem Beruf nicht», sagte Hubert, zweiter Geiger im Städtischen Symphonieorchester. «Ich steh auf, hab von zehn bis zwei Uhr Probe, nachmittags muss ich üben, wenn ich nicht Funk oder eine Plattenaufnahme hab, und abends ist meist noch Konzert. Na schön, ich hab auch Freizeit, aber da will ich nicht ausgerechnet musizieren. Beim Üben musizier ich manchmal, aber meine Frau merkt das sofort und fragt mich, ob ich spinn, also üb ich weiter.

Wissen Sie, musikalisch hab ich gar kein Gefühl mehr. Für mich ist, zum Beispiel, der Mozart ein Dreckskerl. Seit zwei Jahren dirigiert bei uns der Fleisser, ein Totaldilettant. Ein blöder Kritiker hat einmal über ihn geschrieben, er ist der geborene Mozartspezialist. Seither dirigiert er in jedem Konzert irgendeinen Mozart. Den Kritiker versteh ich: Er hat keine Ahnung von Musik und muss so tun als ob. Den Fleisser versteh ich auch. Er kann nicht dirigieren, also muss er tun, was der Kritiker sagt. Aber wie komm ich dazu?

Wie gesagt, zum Musizieren hab ich weder Zeit noch Lust. Das sollen andere tun, nicht Berufsmusiker. Meine

Nichte Susi, zum Beispiel, die ist zwölf Jahre alt und spielt Mozart am Klavier fast so schlecht wie ihn der Fleisser dirigiert. Aber ihr macht es Freude, und der Fleisser hat Angst. Vielleicht haben Sie es schon bemerkt, vor jedem Stück steht er eine ganze Weile auf dem Podium, lässt Kopf und Arme hängen, und das Publikum soll glauben, jetzt konzentriert er sich. Das ist teilweise Bluff, aber es ist auch echte Angst dabei. Er hat Angst mit dem Dirigieren anzufangen. Und wir Musiker sitzen unten und haben auch Angst, dass er anfängt. Aber irgendwann muss er anfangen, und dann müssen wir spielen. Ein Scheißberuf! Man kommt sich vor wie ein Verbrecher.

Als ich dreißig war, wollte ich alles hinschmeißen und Radiotechniker werden. Das war ein Hobby von mir. Aber dann hab ich's doch nicht getan, und jetzt ist es zu spät. Ich verdien ja nicht schlecht, und der Fleisser kümmert sich prinzipiell nicht um die zweiten Geigen. Er schaut manchmal hin, ob wir überhaupt alle mitspielen, oder ob wir alle den gleichen Strich haben, aber hören kann er uns nicht. Ein paar von uns spielen immer richtig, das genügt.

Radiotechniker wär gut gewesen, aber jetzt im Orchester aufzuhören, wär ein Blödsinn. Jetzt bin ich 44, in sechs Jahren lass ich mich vorzeitig pensionieren. Ich hab nämlich vor drei Jahren einen Autounfall gehabt, eine harmlose Sache, aber ich hab dem Arzt gesagt, mir tut die Hand weh. Gefunden hat der Arzt nichts, also lässt er mich bestrahlen und verschreibt Packungen und Handbäder. Wenn ich fünfzig bin, sag ich, ich kann vor Schmerzen nicht mehr spielen. Zu den Kontrabässen können sie mich nicht abschieben, da sitzen schon vier frühere Blechbläser drin, die vor Schmerzen nicht mehr blasen können. Also müssen sie mich pensionieren. Dann mach ich Radiotechnik als Hobby. Und vielleicht fang ich auch als Hobby wieder mit dem Musizieren an.

Es gibt natürlich nicht nur schlechte Dirigenten, es gibt

bei uns auch ein paar besonders unfähige Musiker im Orchester. Die sind daran zu erkennen, dass sie die einzigen sind, die das Orchester ernst nehmen. Sie betrachten es nämlich als Sprungbrett für ihre weitere Karriere als höhere Beamte oder irgendwo in der Kulturpolitik, notfalls als Dirigenten. Die tun sich groß, verpetzen uns beim Orchestervorstand, und dann wird man gerufen und muss lächeln und so tun, als ob alles ein peinlicher Irrtum wäre. Manchmal muss man sogar Besserung versprechen. Sie passen bei den Proben auf, dass man die richtigen Noten vor sich hat und nicht vielleicht eine Zeitung, und sie passen bei den Konzerten auf, dass man nach Vorschrift angezogen ist. Aber solche Leute muss man halt hinnehmen. Andere Fließbandarbeiter haben es noch schlechter. Wirklich ernst nehmen ja diese Scheißkerle auch nicht das Orchester, sondern nur ihre Karrieren. Das Orchester nimmt kein Mensch ernst.

Das heißt, vor ein paar Jahren haben wir einen Gastdirigenten gehabt, der hat das Orchester doch ernst genommen. Wir konnten es zuerst nicht glauben. Er war ein international berühmter Dirigent, mir fällt sein Name jetzt nicht ein, ich kümmere mich nicht um solche Sachen, les keine Illustrierten und so, aber ich erinnere mich, er war sehr berühmt. Zuerst waren wir beeindruckt, er war ein guter Musiker, hatte feine Ohren, erstklassige Schlagtechnik – auf einmal merken wir: Er nimmt das Orchester ernst! Es war bei der Akademischen Festouvertüre, Brahms, jeder hat das Ding schon tausendmal gespielt, auf einmal fängt er an herumzumäkeln, die Hörner sollen lauter, die Bratschen leiser, das Ganze schneller, dann hat er noch so irrsinnige Ausdrücke gebraucht, triumphal sollten wir spielen oder brutal oder innig, was weiß ich. Jedenfalls war es blöd, und ein paar von uns haben angefangen zu lachen. Da brüllte er los und rannte zum Orchestervorstand. Wir haben dann die Akademische Festouvertüre so gespielt, wie wir sie immer spielen, am nächsten Tag gab es blendende Kritiken, denn er war ja ein berühmter Dirigent, und es war wieder Ruhe.

Eigentlich braucht ja niemand das Orchester. Für uns Musiker ist es zur Gewohnheit geworden, ein ganz angenehmer Posten, und man hat seine Sicherheit. Das Publikum legt auch keinen großen Wert darauf, wenn man den Leuten eines Tages statt des Orchesters ein Grammophon mit Dirigenten auf die Bühne stellte, wären sie genau so glücklich. Sie müssten sich nur schön anziehen und husten dürfen. Und die Kulturpolitiker haben sich das Orchester angeschafft, wie man sich einen Hund anschafft: Die Idee war hübsch, aber wenn er einmal da ist, muss man für ihn sorgen, und das ist weniger hübsch. Freude macht ihnen das Orchester nicht mehr. Also wozu haben wir ein Orchester?

Andererseits kann man es aber nicht abschaffen, denn es ist für viele Leute ja doch ein Trost. Die Geigen sitzen immer so schön beisammen, der Konzertmeister vorn, und die zweiten Geigen schön beisammen, und die Celli und die Bässe schön beisammen. Alles hat seine Ordnung. Es gibt ja Gründe für diese Raumeinteilung, aber die stimmen nicht. Es wär auch zum Beispiel gar nicht nötig, dass ein Orchesterwart die Noten auf die Pulte legt, so dass jeder Musiker gezwungen ist, an dem für ihn bestimmten Pult Platz zu nehmen. Jeder Musiker könnte seine eigenen Noten mitbringen und sich dann setzen, wohin er will. Aber das wär Freiheit und keine Einteilung, und der Dirigent wär kein Führer mehr, sondern hätte ganz andere Aufgaben.

Die Musik wird ja auch eingeteilt, genau wie die Menschen. So und so viele Takte heißen ein ‹Satz› oder eine ‹Periode› oder ‹Exposition, Durchführung und Reprise›. Es gibt das ›Hauptthema›, das ‹Schlussthema›, das ‹Seitenthema›, die ‹Coda›, alles wie beim preußischen Generalstab. Wenn Mozart dann von den Regeln abweicht, kann man das entzückend finden, denn er kommt immer wieder zurück, der kleine Schelm. Die Tonarten werden auch eingeteilt, entweder Durheiter oder Molltraurig, aber nie beides gleichzeitig. Wir spielen natürlich auch Schönberg und so, aber da steigt das Publikum nicht ein. Wenn man den Leuten einmal vorgeführt hat, was organisierte Ordnung ist, dann spüren sie, dass es in ihrem miesen Leben auch so zugeht, und fühlen sich beruhigt, bestätigt, gesättigt und kulturell.

Die Klassiker erschrecken die Leute nicht. Da gibt es Crescendo und Decrescendo, das heißt, die lauten Stellen werden gut vorbereitet, und plötzliche Gefühlsausbrüche werden vermieden. Die paar verschrobenen Spätklassiker wie Gustav Mahler kann man verkraften. Aber nehmen Sie Gluck: Man hat ihm seine Karriere nicht leicht gemacht, man war misstrauisch, bis sich herausgestellt hat, er wollte die Ordnung nur bestätigen. Gluck hat damals an den Großherzog von Toskana geschrieben, es wäre seine Absicht, alle Missbräuche zu verbannen, die durch die Eitelkeit der Sänger und die Nachgiebigkeit der Musiker in die italienische Oper eingedrungen sind. Er hat also dem Großherzog den Gefallen getan und Ordnung geschafft. Hie König, da Volk und dazwischen viele, viele Beamte. Haydn hat es mit der Treue zum Monarchen und der geheiligten Ordnung noch weiter getrieben. Erst Beethoven war unglücklich über die Ordnung. Mozart sicher auch, obwohl er sich ja immer wieder ins Rokoko gerettet hat. Aber Beethoven will Unordnung, Disharmonie, Asymmetrie und wird immer wieder zur Ordnung gezwungen, durch den Zeitgeist, durch seine Erziehung und nicht zuletzt durch sein Streben nach einer anderen, einer gerechteren Ordnung. In einem Orchester, in dem Ordnung zu herrschen hat, ist der wahre Beethoven verloren. Er wartet noch immer auf seinen Interpreten, also einen, der sich traut, ihn zu interpretieren, das heißt: Regie zu führen im

Sinn Beethovens, streichen, verkürzen, ändern. Beim Theater gibt es Regisseure, die Shakespeare oder Schiller im Sinn der heutigen Zeit auslegen und ihnen damit gerecht zu werden versuchen. Man lässt Mephisto von einer Frau spielen, um ihn geschlechtslos zu machen, man spielt Hamlet in Straßenkleidung, um ihm das Pathetische zu nehmen, man versucht neue Tempi, neue Sprechweisen, sogar in Bayreuth will man etwas vom heutigen Zeitgeist in die Wagner'sche Gedankenwelt bringen, nur an die Musik traut sich niemand heran. Die hält man für heilig, und dabei hat Beethoven, zum Beispiel, seine Musik nie für heilig gehalten. Er hat immer wieder umgeschrieben, geändert, vernichtet. Heilig war für ihn nur Gott, und an den hat er sich auch gehalten, wenn er mit seinen Fürsten nichts anzufangen wusste. Würde heute jemand die Klassiker richtig interpretieren, also nicht Note für Note das spielen, was sie geschrieben haben, sondern das, was sie heute meinen würden, ich glaub kaum, dass man sie in unserem Orchester spielen würde.

Vielleicht sollte man Beethoven den Romantikern zuordnen, statt den Klassikern, denn mit den Romantikern nehmen es manche Interpreten nicht so genau. Aber im Grund ist es egal, denn die Romantik ist sowieso nur die Fortsetzung der Klassik auf einer anderen Ebene. Daher lässt ja auch unser Orchestervorstand bedenkenlos die Romantiker Schubert, Schumann, Weber und wie sie alle heißen im Konzertsaal aufführen. Hören Sie sich einmal den Brahms an! Der verachtet den Klassizismus immer wieder, aber dann bleibt er trotzdem dabei. Nur der Johann Strauss treibt es zu weit mit der Unverbindlichkeit, deswegen spielt man ihn auch nur im Fasching.

Wissen Sie, man sagt immer, wenn unsere Dirigenten wirklich die gescheitesten, fähigsten, sensibelsten Musiker wären, anstatt Intriganten und Karrieremenschen, dann wäre alles in Ordnung. Aber ich glaub das nicht. Die gescheitesten, fähigsten, sensibelsten Musiker werden nämlich keine Dirigenten, dazu geben sie sich nicht her. Sensible Musiker lieben die Menschen zu sehr, um sie führen zu wollen. In der Politik ist es dasselbe: An der Spitze der Staaten stehen nie die Besten, denn die Besten denken nicht daran, von ihren Mitmenschen Gehorsam zu verlangen. Ein Orchester ist wie ein Staat. Ein Orchester ist ein kleiner Apparat, und ein Staat ist ein großer Apparat. Wer ein Orchester nicht ernst nimmt, wie ich, kann auch einen Staat nicht ernst nehmen, und umgekehrt. Deswegen haben wir Staaten und Orchester.

Ein Apparat muss perfekt funktionieren, sonst schickt man ihn zur Reparatur, oder man schmeißt ihn weg und kauft einen neuen. Für Orchester und Staaten gibt es aber keine Reparaturwerkstätten, und man kann auch keine neuen kaufen. Also muss man immer wieder behaupten, dass sie ohnehin perfekt sind. Die Amerikaner nennen ihren Staat ‹God's Country›, den Deutschen erzählt man, dass es ihnen noch nie so gut gegangen ist wie heute, jeder Staat preist sich selbst als perfekte und einzig mögliche Lebensform an. Vor lauter perfekten Apparaten hat man den Menschen vergessen, im Staat die Menschen, im Orchester die Musiker und natürlich auch die Musik selbst.

Es ist komisch, manchmal träum ich von der Wirklichkeit. Dann wach ich auf und merk, dass es keine Wirklichkeit gibt, es gibt nur noch Apparate. Es gibt auch keine Brause mehr, sondern nur noch Fanta und Schweppes, und es gibt keine Musik mehr, es gibt nur noch Beethoven und Wagner und Strawinsky. Es gibt auch keine Musiker mehr, sondern nur noch Orchester und ein paar Solisten als Markenartikel. Das passt alles zusammen, das heißt, es passt nicht zusammen, wenigstens passt es mir nicht. Ich bin kein Schräubchen, ich heiße Hubert, ich hab Geige gelernt, und irgendwann in ferner Vergangenheit hat Musik starke Gefühle in mir ausgelöst. Jetzt kommt Musik aus einem Apparat heraus, wenn man den Knopf drückt, und der Knopf bin ich, aber ich will kein Knopf sein. Bin ich ein Knopf? Sind Sie ein Knopf?»

ZWISCHENSPIEL

Wenn man sich die Menschenliebe abgewöhnt,
entdeckt man Melodien,
die wie eine heuchlerische Nebelwand
zum blauen Himmel ziehn.
Weihnachtslieder, Sphärenklänge, heiter oder mild,
alles, was als allgemeine Bildung gilt.

Trau keiner Melodie über Dreißig!
Trau keiner Melodie übern Weg!
Melodien machen strebsam und fleißig,
fleißig für den Staat zu sein,
fleißig ein Soldat zu sein,
fleißig die Arbeit von der Hand.
Fleißig bin ich, geh zur Ruh,
schließe meine Augen zu,
Augen zu, Ohren zu, Hirne zu, Herzen zu,
Taschen zu, Türen zu, Müllers Esel, der bist du.
Oh, wie wohl ist mir am Abend,
Lohengrin kommt ins Weiße Rössl – schön!

Wenn man sich das Selbstvertrauen abgewöhnt,
stößt man auf Harmonien,
welche stets methodisch und in Ordnung sind
und voller Disziplin.
Trauermärsche, Hitparaden, Meistersingerchor,
und das Schönste ist: Sie kommen immer wieder vor.

Trau keiner Harmonie über Dreißig!
Trau keiner Harmonie übern Weg!
Dein Leben ist doch auch nicht harmonisch.
Harmonisch ist die Arbeitszeit,
harmonisch ist die Obrigkeit,
harmonisch ist die Fußballmeisterschaft.
Fuchs, du hast die Gans gestohlen,
dafür wirst du eingesperrt,
eingesperrt, weggebracht, durchgewichst, ausgelacht,
Einzelhaft, Rübe ab, selbst schuld, Massengrab.
Aber in der Zelle darfst du
jeden Abend Radio hören – schön!

Symphonie! Tanzmusik!
Hörst du die heimlichen Kranken?
Inder sterben exklusiv auf Polydor.
Lieb mich doch, ich drück doch den Knopf!
Steht's nicht im Stern?
Hast du's im Fernsehen gesehen?
Wer dirigiert? Niemand will's gewesen sein.

Wer dirigiert? Du und ich schon lang nicht mehr.
Längstens in zehn Jahren kann sich jeder in der Küche
seine eigene Atombombe basteln – schön!

Wenn in deiner Küche dann das Radio läuft,
und ein Zigeuner spielt,
dann hast du vielleicht sogar verstehen gelernt,
auf wessen Herz er zielt.
Sagst du dann noch, spiel, Zigeuner,
spiel bis morgen Früh,
deine Geige macht mein Leben weich durch Poesie?

Trau keiner Poesie über Dreißig!
Trau keiner Poesie übern Weg!

Hast du eine poetische Regierung?
Poetischen Luftschutzraum? Poetischen Seifenschaum?
Poetische Autoindustrie?
Hast du was, dann bist du was,
bist du was, dann kriegst du was,
kriegst du was, dann wirst du was,
wirst du was, dann zeigst du was.
mach's den anderen möglichst schwer,
zeig die Eintrittskarten her!
Denn du gehst heut Abend mit der Gattin oder Freundin
ins Konzert auf möglichst gute Plätze,
ihr seid stolz und setzt euch nieder,
und dann hört ihr:
(Hier höre man eine bekannte,
möglichst getragene klassische Melodie,
zum Beispiel den langsamen Satz aus
Beethovens Pathetique-Sonate).

V

> Kunst kann nur von der Absage kommen. Nur vom Aufschrei, nicht von der Beruhigung. Die Kunst, zum Troste gerufen, verlässt mit einem Fluch das Sterbezimmer der Menschheit.
>
> Karl Kraus

Am 5. Dezember 1975 saß der Hungerkünstler Jan Bukovic vor seinem Wohnwagen im Wiener Prater. Er war ein 55-jähriger hagerer Vogeltyp mit Hakennase, schlauen Äuglein und einer langen weißen Mähne. Man glaubte ihm, dass er hungerte, auch wenn er es nicht tat. Jetzt hatte er zwei Zeitungen vor sich, den Wiener Kurier und die Wiener Kronenzeitung, und las seiner Frau Maria aus beiden Zeitungen gleichzeitig vor: «Die südmolukkischen Untergrundkämpfer haben den Holländern gestern den totalen Krieg erklärt. Wirklich, ich bin ein ganz konservativer Mensch, sagt Siegfried Palm, designierter Intendant der Deutschen Oper Berlin.»

«Was liest du da für Blödsinn?», fragte Maria.

«Man muss immer zwei Zeitungen gleichzeitig lesen», beschied sie Jan, «wenn man nur eine Zeitung liest, kriegt man nix als Lügen. Wenn man aber zwei Zeitungen gleichzeitig liest, dann liest man zwei verschiedene Arten von Lügen, und dadurch entdeckt man die Wahrheit.»

«Du spinnst», meinte seine Frau.

«Während die fünf südmolukkischen Kidnapper in ihrem entführten Todeszug kaltblütig mit der Hinrichtung ihrer Geiseln begannen», las Jan, «überfiel ein anderes Terrorkommando das indonesische Generalkonsulat in Amsterdam. Moderne Oper gibt es für mich nicht, sagt Siegfried Palm».

«Wer ist das, Siegfried Palm?», fragte Maria.

«Ich weiß nicht», antwortete ihr Mann, «aber eine Geisel ist er nicht. Wart einmal, oben steht, er ist designierter Intendant der Deutschen Oper Berlin. Ich bin Hungerkünstler, von Oper versteh ich nix. Soviel ich weiß, sind sie in der Oper eher das Gegenteil von Hungerkünstlern.»

«Dann solltest du zur Oper wechseln», sagte die Frau bissig, «gestern Abend hast du wieder ganz stark nach Bier und Senf gestunken. Eines Tages werden dir die Leute draufkommen, und dann wirst du wirklich verhungern.»

«Schon gut», sagte Jan, «ich will sowieso nicht mein ganzes Leben lang Hungerkünstler bleiben. Vor zwanzig Jahren war ich immerhin eine Zeitlang leitender Angestellter. Lass mich weiterlesen, die Oper interessiert mich. Entsetzensschreie im Todeszug kündeten Donnerstag Mittag den neuen grausamen Höhepunkt des internationalen Terrorismus an. Ich werde also ganz konservative Oper machen: Fünf Premieren im Jahr und zwei Ballettabende. Eine der Geiseln, ein Mann, wurde zu den Stufen geführt, dann fiel ein Schuss, und die Leiche der Geisel stürzte auf den Bahndamm. Wie fühlt man sich als Operndirektor? Wunderbar! sagt Siegfried Palm. Das Drama wurde von Hunderten von Polizisten und Angehörigen der Geiseln aus einer Entfernung von 350 Metern verfolgt. Die ermordete Geisel konnte nicht geborgen werden. In Wien gibt es das beste Beuschel und die besten Semmelknödel, den besten Tafelspitz und die besten Mehlspeisen, die sind ja fast auch schon Musik, sagt Siegfried Palm.»

«Vielleicht solltest du versuchen, Operndirektor zu werden», erklärte Maria. «Fressen kannst du schon, und das mit der Musik kann nicht so schwer sein.»

«Jetzt bin ich grad erst Hungerkünstler geworden», erwiderte Jan.

«Seit du Hungerkünstler bist, frisst du mehr als je zuvor», sagte Maria.

«Jeder Mensch lebt von Täuschung, sonst müsste ich nicht zwei Zeitungen gleichzeitig lesen.»

«Also gut, ich will nicht streiten. Lies weiter!», sagte Maria.

Jan las: «Im Gebäude nahmen die Südmolukken 25 Geiseln, darunter zehn Kinder. Ein Opernabend soll ja ein Fest sein, deshalb spielen meine Orchestermusiker auch jeden Abend im Frack. Die Geiseln mussten Höllenqualen ausstehen. Sie waren zweieinhalb Tage ohne Wasser und Nahrung. Stöhnende Kranke und schreiende Kinder machten jeden Schlaf unmöglich. Ich bin kein radikaler Neuerer, sondern ein Kollege unter Kollegen, der gute Oper machen will, sagt Siegfried Palm. Donnerstag Nachmittag stellte der holländische Ministerpräsident fest: Ich glaube nicht, dass es ohne Blutvergießen gehen wird.»

«Blutvergießen?», fragte Maria. «Dann bleib lieber Hungerkünstler. Gibt es in Wien überhaupt eine Oper?»

«Bestimmt!», sagte Jan. «Weißt du was? Ich hab es mir überlegt. Bügle mir den schönen dunklen Anzug, ich fahr in die Stadt.»

«Was willst du in der Stadt?», fragte Maria.

«Ich werd Operndirektor», erklärte Jan, «ich glaub, ich komm jetzt grad ins richtige Alter.»

«Zu wem wirst du gehen?»

«In die Oper werd ich gehen. Ich werd dort sagen, ich bin der resignierte neue Direktor, so wie es in der Zeitung steht.» Er sah in der Zeitung nach. «Nicht der resignierte, sondern der designierte Direktor», verbesserte er sich, «die Zeitung nehm ich auf jeden Fall mit.»

«Sie werden dich hinausschmeißen», behauptete Maria, aber sie bügelte schon.

Eine Stunde später sagte Jan zum Portier der Wiener Staatsoper: «Ich muss dringend den Herrn Direktor sprechen.»

«Der is net da», antwortete der Portier, «der is schon lang

nimmer da, der is überhaupt nie da. Um was dreht es sich?»

«Es ist eine wichtige Sache», erklärte Jan, «ein bissel politisch.»

«Dann gehen Sie am besten zur Bundestheaterverwaltung», meinte der Portier und drehte ihm den Rücken zu.

Bei der Bundestheaterverwaltung traf Jan auf eine Vorzimmerdame. «Ich muss dringend den Herrn Minister sprechen», sagte er und lächelte sie an. «Mein Name ist Bukovic. Ich bin der designierte neue Operndirektor.»

Die Vorzimmerdame wurde nervös. «Den Herrn Minister?», fragte sie. «Hier gibt es keinen Minister. Warten Sie einen Moment!» Dann rief sie den Sektionschef an: «Hier ist ein Herr, der sagt, er ist der designierte neue Operndirektor.»

«Ein Verrückter», entschied der Sektionschef, «werfen Sie ihn hinaus!» Doch dann kamen ihm Bedenken. Fünfundzwanzig Beamtenjahre hatten ihn Vorsicht gelehrt. Er wusste, dass der Stuhl des gegenwärtigen Operndirektors wackelte, er wusste, dass der Chef der Bundestheaterverwaltung und der zuständige Unterrichtsminister einander zur Zeit nicht grün waren und dass beide, unabhängig voneinander, Verhandlungen mit diversen Kandidaten für den Operndirektorenposten pflegten. Wer diese Kandidaten waren, wusste er nicht, aber dass einer von ihnen, vielleicht ein verrückter ausländischer Dirigent, plötzlich hereinschneite, wäre ja immerhin möglich. «Wie sieht er denn aus?», fragte er die Vorzimmerdame.

Sie musterte Jan. «Naja», sagte sie, «es könnte schon sein.»

«Wie heißt er?», wollte er wissen.

«Wie heißen Sie?», fragte sie Jan.

«Bukovic», sagte Jan noch einmal, und da sie zögerte, fügte er hinzu: «Doktor Bukovic.»

Sie wurde sichtlich freundlicher, gab den Namen weiter

und sagte schließlich, Jan möge warten, der Herr Sektionschef werde ihn alsbald empfangen. «Nehmen Sie Platz», sagte sie, aber Jan fühlte instinktiv, dass Platz nehmen strategisch falsch wäre. «Nein danke», sagte er, «ich hab wenig Zeit, und der Herr Minister hat mich für diese Zeit herbestellt.»

«Da müssen Sie sich irren», meinte die Vorzimmerdame, «Sie sind in der Bundestheaterverwaltung, und der Minister ist im Unterrichtsministerium.»

Aber das konnte Jan nicht erschüttern. «Ich komme ja gerade aus dem Unterrichtsministerium», erklärte er, «und dort hat man mir gesagt, der Herr Minister ist hier.»

Die Vorzimmerdame schüttelte den Kopf. «Ich rufe noch einmal den Chef an», entschied sie schließlich.

Der Sektionschef hatte mittlerweile versucht, seinen eigenen Chef anzurufen, um den Namen Bukovic zu klären, hatte ihn aber nicht erreicht. Die Nachricht der Vorzimmerdame, dass Herr Dr. Bukovic direkt aus dem Ministerium komme, da man ihm dort gesagt habe, der Herr Minister sei zur Zeit in der Bundestheaterverwaltung, interessierte ihn außerordentlich. «Sehr gut», sagte er, «ich werd mich gleich erkundigen. Bieten Sie dem Herrn Doktor derweil einen Kaffee an, machen Sie ein paar schöne Sprüch', er möge sich bitte gedulden, ich bin untröstlich, aber ich telefonier grad mit Buenos Aires, erzählen Sie ihm halt irgendwas.» Dann rief er im Ministerium an.

«Es tut mir Leid», sagte der dortige Sachverwalter, «ich weiß von gar nix. Der Herr Minister ist im Hotel Imperial bei einer wichtigen Besprechung, ich darf ihn auf keinen Fall stören, und der Herr Dr. Schlesser» – das war der persönliche Referent – «ist bei ihm.»

«Könnte es sich», fragte der Anrufer vorsichtig, «bei dieser Besprechung um einen neuen Operndirektor handeln?»

«Aber Herr Kollege», tönte der andere vorwurfsvoll, «können tut sich alles bei uns, aber reden tut niemand darüber.»

Der Sektionschef war hocherfreut. Für ihn war das eine indirekte Bestätigung. Es fiel ihm nicht auf, dass sein Kollege aus dem Ministerium seit Jahren den Geheimnisvollen spielte, weil das für ihn die einzige Methode war, überhaupt etwas zu erfahren. «Ich wär Ihnen sehr verbunden», sagte er, «wenn Sie einen Blick auf den Terminkalender des Herrn Ministers werfen könnten, ob der Name Bukovic darauf steht.»

«Aber natürlich, gern», sagte dieser. Er hatte zwar mit dem Terminkalender des Ministers nicht das geringste zu tun, dachte aber nicht daran, das zuzugeben. Er ließ sich daher eine Minute Zeit, überlegte eine Antwort, die ihn nach allen Seiten decken würde und verkündete dann: «Auf dem Terminkalender des Herrn Ministers steht ein Name, der unleserlich ist, aber es könnte Bukovic sein. Allerdings ist der Termin erst morgen um elf Uhr.»

«Herzlichen Dank!», sagte der Sektionschef, und seiner Vorzimmerdame sagte er: «Ich lass den Herrn Professor Bukovic bitten.»

«Bitte kommen Sie mit mir!», verkündete die Vorzimmerdame und brachte Jan zum Sektionschef.

Die beiden lächelten einander an, und Jan sagte: «Ich glaube, ich hatte noch nicht das Vergnügen. Bisher habe ich immer nur mit dem Herrn Minister persönlich gesprochen.»

«Sicher auch mit dem Herrn Dr. Schlesser», ergänzte der Sektionschef.

«Ja natürlich», antwortete Jan, «der Herr Dr. Schlesser und ich sind alte Freunde.»

Ah, so ist das, dachte der Sektionschef, Kriegskameraden oder Logenbrüder, daher weht der Wind. Dann fragte er Jan: «Sollten Sie nicht erst morgen kommen?»

Jan tat überrascht. «Woher wissen Sie das?»

Der Sektionschef lächelte fein. «No ja», meinte er, «man weiß halt.»

«Ich musste schon heute kommen», erregte sich Jan, «denn morgen muss ich nach Zagreb, aber ich hab ja dem Herrn Minister ein Telegramm geschickt, und jetzt muss ich Sie schon ernsthaft fragen, wieso man mich hier warten lässt, warum der Herr Minister nicht hier ist, warum man mich vom Ministerium hierher geschickt hat und was das alles bedeuten soll.»

Ganz wohl war Jan bei diesem kleinen Temperamentsausbruch nicht. Er war mit seiner Frau erst vor knapp einem Jahr aus Jugoslawien gekommen, hatte in Wien keine rechte Arbeit gefunden, denn er hatte sich sein Leben lang eher mit frechem Mundwerk durchgebracht als mit Arbeit, und bis auf gelegentliche Rückschläge war er ganz gut dabei gefahren. Auch seine jetzige Tätigkeit als Hungerkünstler bei einem Varieté im Wiener Wurstelprater hatte er mehr seiner Beredsamkeit zu verdanken als irgendeiner Erfahrung auf diesem Gebiet. Ganz wohl war aber auch dem Sektionschef nicht. Er hatte den Namen Bukovic nie gehört. Worauf ließ er sich da ein? Er betrachtete die hagere, etwas exzentrische, aber auch feierliche Gestalt des Hungerkünstlers und dachte: Ich muss Zeit gewinnen, sonst mach ich was Falsches.

«Es tut mir wirklich Leid, dass man Sie vom Ministerium hierher geschickt hat, da hat jemand einen Blödsinn gemacht», erklärte er Jan, «aber der Herr Minister ist wirklich nicht hier. Ich lass grad eruieren, wo er sich befindet. Darf ich Ihnen nicht einen Kaffee anbieten oder ein Glaserl Kognak oder eine Zigarre?»

Es fiel Jan nicht leicht, den Kognak abzulehnen, aber er beherrschte sich. «Nein», sagte er, «ich bin hergekommen, um mit dem Herrn Minister zu sprechen, und wenn ich ihn nicht sprechen kann, dann reise ich wieder ab.»

«Um Gottes willen», rief der Sektionschef, «Sie sind doch grad erst angekommen. Wie lang sind Sie denn schon in Wien?»

«Ich komm direkt vom Flugplatz», log Jan.

«Und wo sind Sie abgestiegen?»

«Im Hotel Sacher», behauptete Jan. Es war das einzige Hotel in Wien, an das er sich erinnerte.

«Oh», sagte der Sektionschef, «nicht im Imperial?»

«Der Herr Minister», erklärte Jan, «hat mich ausdrücklich gebeten, im Hotel Sacher zu wohnen.»

«Das ist etwas anderes», meinte der Sektionschef und dachte: Den einen lässt er im Sacher wohnen, und mit dem anderen verhandelt er derweil im Imperial! Sehr schlau! Ich glaub, mein Chef wird mir dankbar sein, wenn ich den Minister bei seinen Verhandlungen jetzt unterbreche. Er nahm den Telefonhörer auf, wählte aber nicht, sondern tat nur so, als spräche er mit jemandem: «Haben Sie endlich herausgefunden, wo der Herr Minister ist? Ja? Gut, vielen Dank!» Und zu Jan sagte er: «Der Herr Minister ist bei einer wichtigen Besprechung im Hotel Imperial. Ich lass Ihnen ein Taxi rufen.»

«Danke nein», sagte Jan, «das ist ja nur ein paar Schritte von hier. Ich geh zu Fuß.»

Der Sektionschef sprang auf. «Es hat mich sehr gefreut, Sie kennen zu lernen, Herr Professor», erklärte er.

Jan lächelte. «Ich weiß», sagte er huldvoll und ging.

Auf dem Weg zum Hotel Imperial wurde er ein bisschen nervös. Aus der Sache wird nichts, dachte er. Gut, dass ich nicht noch Geld für ein Taxi ausgegeben hab! Aber soll ich jetzt aufgeben? Nein, da käm ich mir lächerlich vor. Trotzdem – irgendwas fehlt mir. Ich weiß schon: Wer zu einem Minister geht, muss Unterlagen haben. Schweren Herzens kaufte er ein teures schwarzes Diplomatenköfferchen und betrat so das Hotel Imperial.

Sein Glück wollte es, dass der Minister dort tatsächlich mit einem Kandidaten für den Operndirektorenposten verhandelte. Ein besonderer Zufall war das allerdings nicht, denn der Minister verhandelte schon seit Monaten täglich mit allen möglichen Kandidaten, und die Verhandlungen hatten sich als schwierig erwiesen. Der Markt war nicht so groß, und die Kandidaten wussten es. Sie stellten handfeste Bedingungen, und auch der Kandidat, mit dem der Minister gerade sprach und der praktisch der letzte Kandidat war, der noch in Frage kam, machte es dem Minister nicht leicht. Er wollte um jeden Preis spartanische Oper machen. Er wollte die Kosten verringern und das Budget kürzen. Vergeblich versuchten der Minister und sein Adlatus Dr. Schlesser, ihm begreiflich zu machen, dass man das gegenwärtige Budget weder erhöhen noch kürzen könne, ohne das Bundestheatergesetz zu ändern, wofür man aber das Parlament brauche, was wiederum die Regierung in Schwierigkeiten bringen würde. Da wurde Jans Ankunft gemeldet.

Der Minister war verärgert. «Ich hab gesagt, man soll mich nicht stören», maulte er. «Bukovic? Nie gehört!»

Dr. Schlesser, von Beruf geduldig, beschwichtigte: «Ich bring das in Ordnung», und ging hinaus. Draußen telefonierte er mit Jan, der im Hotelfoyer wartete.

«Ich komm von der Bundestheaterverwaltung», berichtete Jan, «ich bin ein designierter neuer Operndirektor.»

«Aha», sagte Dr. Schlesser, «Sie kommen ja wie gerufen. Bitte nehmen Sie nur ein paar Minuten Platz im Foyer, der Herr Minister ist mit seiner Besprechung bereits fertig, er telefoniert nur noch mit New York. Ich lass Sie dann gleich rufen.» Dann telefonierte er mit dem Minister, der schweißbedeckt mit dem Kandidaten weiterverhandelte. «Hör zu, Ferdl», sagte Dr. Schlesser, «da unten sitzt ein gewisser Dr. Bukovic, den uns der Toni geschickt hat.» Toni war der Chef der Bundestheaterverwaltung. «Ich hab den Namen nie gehört, aber der Toni hat angedeutet, er hat einen verdienten Beamten, der eventuell als Kompromisskandidat in Frage käme.»

«Nein, nein», tobte der Minister.

«Ich weiß», antwortete Dr. Schlesser, «aber vielleicht können wir mit ihm Druck ausüben, verstehst?»

«Ah so!», sagte der Minister, hängte auf und fragte den vor ihm sitzenden Kandidaten: «Haben Sie je von Dr. Bukovic gehört?»

«Natürlich», log der Kandidat, «was ist mit ihm?»

«Nichts», sagte der Minister, «aber wenn Sie mir einen Korb geben, mache ich ihn zum neuen Operndirektor.»

«Bitte sehr», erwiderte der Kandidat, «ich reiß mich ja nicht um den Posten.»

«Der Dr. Bukovic reißt sich um den Posten», erzählte der Minister, «ich weiß, er hat keinen großen Namen, aber die Bundestheaterverwaltung ist einverstanden. Außerdem ist er Österreicher. Mit der Presse kommt er seit Jahren gut aus, und was ihm an Glanz fehlt, macht er durch Arbeit wett. Ich bin ganz ehrlich mit Ihnen: Sie wären mir lieber als der Bukovic, aber wenn Sie mir keine andere Wahl lassen, was soll ich machen? Er sitzt nebenan und wartet, und ich muss heute zu einem Entscheid kommen.»

«Bukovic, Bukovic», sagte der Kandidat, «ich versteh nicht, wie Sie diesem Allerweltsmenschen auf den Leim gehen können. Was bietet er Ihnen denn? Durchschnitt!»

«Wollen Sie hören, was er sagt?», fragte der Minister.

«Ich kann mir vorstellen, was er sagt», wehrte der Kandidat ab, aber der Minister hatte bereits den Telefonhörer abgehoben.

«Verbinden Sie mich mit Herrn Dr. Bukovic!», befahl er. «Hallo? Herr Dr. Bukovic? Ich weiß, es ist lästig, aber bitte bestätigen Sie mir noch einmal telefonisch, was im Fall Ihrer Ernennung Ihre Opernpolitik sein würde. Nur in ganz knappen Worten!» Dann ließ er den Kandidaten mithören.

«Einen Moment», sagte Jan, zog die Zeitung mit dem Interview von Siegfried Palm aus der Tasche und las vor: «Also ich bin ein ganz konservativer Mensch. Moderne Oper gibt es für mich nicht. Ich werde also ganz konservative

Oper machen, fünf Premieren im Jahr und zwei Ballettabende. In Wien gibt es das beste Beuschel und die besten Semmelknödel, den besten Tafelspitz und die besten Mehlspeisen, die sind ja fast auch schon Musik.»

Der Minister lachte. «Sehr gut», befand er, «und weiter?»

«No ja», meinte Jan, «ein Opernabend soll ja ein Fest sein, deshalb spielen meine Orchestermusiker auch jeden Abend im Frack. Ich bin kein radikaler Neuerer, sondern ein Kollege unter Kollegen, der gute Oper machen will.»

«Ich danke Ihnen, Herr Doktor», sagte der Minister und legte auf.

Eine halbe Stunde später ließ er Jan kommen. «Sie haben es nicht ganz geschafft», strahlte er und schüttelte ihm die Hand, «aber schöne Grüße an den Toni, er hat sie im rechten Augenblick herübergeschickt. Übrigens, der Sieger möchte Sie auch noch sprechen. Ich lasse Sie allein.» Dann ging er mit Dr. Schlesser.

«Sie haben mir ganz schön Konkurrenz gemacht», sagte der siegreiche Kandidat. «Was haben Sie im Aktenkoffer?»

«Unterlagen», erklärte Jan.

«Über mich?», fragte der Sieger.

«Vielleicht.»

«Schließen wir Frieden!», schlug der Sieger vor. «Wollen Sie mein Chefdramaturg werden?»

«Was hätt ich da zu tun?»

«Gar nichts. Sie haben schon genug getan», lachte der andere. «Aber im Ernst: Sie würden genau das tun, was Sie vorgeschlagen haben: Konservative Opernpolitik.»

«Danke nein», sagte Jan.

Maria kam aus dem Kopfschütteln nicht heraus. «Warum hast du die Stelle nicht angenommen?», fragte sie. «Und die teure Tasche! Wozu brauchen wir die?»

«Ich versteh es selber nicht», meinte Jan. «Ich hab mich plötzlich an die Musik von unseren Zigeunern erinnert, überhaupt an die Musik. Und da bin ich sentimental geworden. Wie du weißt, passiert mir das nicht oft. Ich hab mir gedacht, ich weiß zwar nicht, was konservative Oper heißt, aber mit Musik kann es nix zu tun haben. Ich hab Musik immer sehr gern gehabt, komischerweise weil sie mich nervös gemacht hat. Zum Beispiel, wenn unsere Zigeuner gespielt haben, war ich ganz aufgeregt und wollte die Welt einreißen. Und manchmal, wenn Musik aus dem Radio kommt, fang ich an, die Welt zu begreifen, wie schön sie ist oder wie hässlich sie ist oder wie grausam. Und dann möcht ich leben, richtig leben und was tun. Aber wie ich den resignierten Operndirektor gesprochen hab, da hab ich Angst gekriegt. Mit Orchestermusikern im Frack und als Kollege unter Kollegen verliert man die Musik. Also hab ich mir gedacht, warum soll ich ausgerechnet Operndirektor werden? »

VI

> Und als ich aus meiner Einsamkeit kam und zum ersten Mal über die Brücke ging: da traute ich meinen Augen nicht und sah hin und wieder hin, und sagte endlich: «Das ist ein Ohr! Ein Ohr, so groß wie ein Mensch!» Ich sah noch etwas besser hin: und wirklich, unter dem Ohr bewegte sich noch etwas, das zum Erbarmen klein und ärmlich und schmächtig war. Und wahrhaftig, das ungeheure Ohr saß auf einem kleinen dünnen Stiele, – der Stiel aber war ein Mensch!
>
> Friedrich Nietzsche

Die Ehrungen für den 85-jährigen Maestro waren unbeschreiblich. «Macht es Sie nicht müde?», fragte die Reporterin am Ende der großen Festlichkeiten.

«Ach, wissen Sie», lächelte der Maestro, «ich kann doch diese vielen lieben Menschen nicht vor den Kopf stoßen.»

«Hat es in Ihrem Leben je etwas anderes gegeben als Musik?»

«Nein, bestimmt nicht», sagte der berühmte Dirigent, «mein ganzes Leben war Musik. Musik hat mir alles gegeben, und ich habe der Musik alles gegeben.»

«Sie haben aber auch geheiratet, Sie waren zweimal Vater.»

«Ja, gewiss. Ich hatte das große Glück, eine Frau zu finden, die Verständnis für meine Liebe zur Musik hatte – Gott, Liebe ist nicht das richtige Wort, Besessenheit wäre besser. Nicht jede Frau hätte das akzeptiert, meine Frau hat es akzeptiert.»

«Und Ihre Kinder?»

«Mit Kindern ist das anders. Ich habe mich immer bemüht, ein guter Vater zu sein, aber Kinder müssen eines

Tages selbstständig werden, müssen ins Leben hinaus, ihren eigenen Weg machen, und das haben meine Kinder getan.»

«Außer Musik gab es also in Ihrem Leben nichts. Sie sind, wie ich höre, ein unpolitischer Mensch.»

«Ja. Um Politik habe ich mich nie gekümmert. Ich weiß, manche Leute nehmen mir das übel, aber ich bleibe dabei: Musik darf mit Politik nichts zu tun haben.»

«Heute haben Ihnen auch viele Politiker zu Ihrem Geburtstag gratuliert.»

«Sehen Sie, das ist der beste Beweis. Denn wenn diese Politiker zu mir kommen, haben sie mit Politik nichts mehr zu tun. Dann sind sie einfach Menschen. Sie sind herausgetreten aus den kleinlichen Streitereien und Machtkämpfen und befinden sich endlich, wenn auch nur vorübergehend, im Reich der Musik. Als Musiker ist es mir also geradezu verboten, eine politische Stellung zu beziehen. Musik ist für alle Menschen da, egal welcher politischen Partei sie angehören mögen.»

«Es gibt aber doch auch ausgesprochen politische Musik, die Marseillaise, zum Beispiel, oder Beethovens Eroica.»

«Verzeihung, die Auffassung, dass die Eroica politisch sein soll, muss ich ablehnen.»

«Beethoven hat sie Napoleon gewidmet, die Widmung aber später zurückgezogen.»

«Ja, ja, das hat nichts mit der Musik zu tun. Wenn wir heute diese herrliche Musik hören, denken wir weder an Napoleon noch sonst einen Politiker.»

«Gut, Maestro. Nun zu etwas anderem: Sie waren in Deutschland während der Nazizeit tätig.»

«Das habe ich nie geleugnet. Im Gegenteil, ich kann nur immer wieder betonen, man hat mich damals ohne Einschränkung musizieren lassen. Ich habe mich in keiner Weise politisch betätigt, ich war weder Parteimitglied noch Mitglied der Reichsmusikkammer. Ich habe nur meine Musik gemacht, vor der Nazizeit, während der Nazizeit, nach der Nazizeit.»

«Aber Sie müssen doch bemerkt haben, dass vieles an der Zeit nicht in Ordnung war. Sie hatten, zum Beispiel, jüdische Kollegen.»

«Ich war mit nur sehr wenigen Juden bekannt. Die meisten sind emigriert und sind nach dem Krieg wieder in die Heimat zurückgekehrt – oder auch nicht. Was soll ich dazu sagen? Wenn ich Jude gewesen wäre, hätte ich auch emigrieren müssen, und dann hätte ich eben meine Musik im Ausland weitergemacht. Ich glaube, Sie verstehen meinen Standpunkt nicht. Wenn man mit Leib und Seele Musiker ist, dann ist es einem egal, wer grad in der Regierung sitzt, denn an der Musik ändert das gar nichts.»

«Ich möchte Ihnen mit diesen Fragen nicht zur Last fallen –»

«Nein, nein, ich bin es ja gewöhnt, dass Zeitungsmenschen solche Fragen stellen.»

«Dann danke ich Ihnen für Ihr Verständnis. Sie sagen, die Politik hat an der Musik nichts geändert, aber gerade unter Hitler wurden doch, zum Beispiel, Mendelssohn und Bizet verboten, Komponisten wie Wagner wurden gefördert, wie überhaupt patriotische Musik, Marschmusik, kriegerische Musik.»

«Ich sage ja, Sie verstehen mich nicht. Man muss hier die größeren Zusammenhänge sehen. Dass die Nazizeit eine schreckliche Zeit war, dass Hitler ein brutaler, ein verbrecherischer Mensch war, das unterliegt für mich gar keinem Zweifel. Aber was konnte er einem Mozart anhaben? Ich kann mich monatelang nur mit Mozart beschäftigen. Man fragt mich manchmal, warum ich immer wieder die Zauberflöte dirigiere, und ob mir das nicht langweilig wird. Ich kann nur sagen, nein, meine Herren, die Zauberflöte kann einem nicht langweilig werden, wenn man sie wirklich liebt. Eine Frau, die man wirklich liebt, wird einem auch nicht langweilig.»

«Die Zauberflöte ist keine Frau. Eine Frau ändert sich, wird älter, ist ein Mensch mit Fehlern, lebt, stirbt –»

«Eben. Bei der Zauberflöte passiert einem das nicht. Die stirbt nicht. Die ist ein vollendetes Kunstwerk und wird immer eines sein. Wie kann einem das langweilig werden?»

«Wir missverstehen uns –»

«Nein, ich verstehe Sie sehr gut. Wir leben ja auch jetzt nicht in rosigen Zeiten, aber mit mir kann und darf das nichts zu tun haben. Meine Aufgabe ist die Musik. Meine Aufgabe ist es, die großen Meister der Vergangenheit und der Gegenwart dem Publikum näher zu bringen. Und darin darf ich mich durch nichts beirren lassen.»

«Verzeihen Sie, Maestro, das soll natürlich kein Vergleich sein, aber Hitler sagte ja auch, dass er eine bestimmte Aufgabe habe und dass er sich darin durch nichts beirren lassen dürfe.»

«Ich bin Ihnen auch gar nicht böse über diesen saudummen Vergleich, aber Sie haben Unrecht. Natürlich war Hitler ein Fanatiker, und ich bin auch ein Fanatiker, aber ich bin es auf einem ganz anderen Gebiet, und darauf kommt es doch wohl an.»

»Schon, aber die Gebiete greifen auch ineinander. Die Atomkraft kann zum Segen der Menschheit oder zu ihrer Zerstörung eingesetzt werden. Wenn ein fanatischer Atomwissenschaftler sich nur um seine Wissenschaft kümmert und gar nicht beurteilen wollte, wohin das unter Umständen führen kann – fänden Sie das in Ordnung?»

«Liebes Fräulein, mich dürfen Sie nichts über Wissenschaft fragen und nichts über Politik. Fragen Sie mich etwas über Musik, da bin ich Fachmann, und da werde ich Ihnen Rede und Antwort stehen.»

«Gut, Maestro, dann werde ich Ihnen eine musikalische Frage stellen. Wenn während der Nazizeit ein Kollege zu Ihnen gekommen wäre und hätte gesagt: ‹Ab morgen schweigen wir. Ab morgen gibt es keine Musik mehr. Wir

Musiker tun uns jetzt zusammen und sagen, wir leihen diesem gottverdammten Regime unsere Stimmen nicht mehr. So lange es diese Schrecknisse in der Welt gibt, Krieg, Vergasungen, Gestapotyrannei, so lange darf es auch keine Musik geben.› Und wenn dann alle Musiker ihre Instrumente aus der Hand gelegt hätten, und es hätte ein Schweigen gegeben, das lauter gewesen wäre als jede noch so laute Opposition – hätten Sie da mitgemacht?»

«Da hätte ich bestimmt nicht mitgemacht, denn die Musik darf nicht schweigen. Das wäre ja schrecklich. Abgesehen davon, dass das beim Hitler ja nie gegangen wäre, da wären wir ja alle kaputt gewesen, muss ich Ihnen sagen, ich könnte mir so etwas gar nicht vorstellen. Ich kann mir eine Welt vorstellen, die, sagen wir, ohne Essen ist, wo alle langsam verhungern. Ich kann mir leider auch eine Welt ohne Frieden vorstellen. Ich kann mir eine Welt ohne Bäume oder ohne Kinder oder ohne Theater vorstellen, oder was weiß ich, aber eine Welt ohne Musik kann ich mir nicht vorstellen.»

«Wenn also morgen unser Land in einen ungerechten Eroberungskrieg ziehen würde, und man würde Sie bitten, für die jungen Krieger ein Abschiedskonzert zu dirigieren, mit Mozart, Brahms und Wagner, würden Sie das machen?»

«Ja, selbstverständlich würde ich das machen. Ob ein Krieg gerecht oder ungerecht ist, könnte ich doch gar nicht beurteilen. Und selbst wenn er ungerecht wäre, Mozart und Brahms wären auf jeden Fall gerecht, also warum sollte ich das Konzert nicht dirigieren? Sie unterliegen, scheint mir, einem großen Irrtum: Man kann doch nicht aufhören, Musik oder Literatur oder Malerei zu produzieren, nur weil es zugegebenermaßen furchtbare Ungerechtigkeiten in der Welt gibt. Ein Musiker kann doch nicht sagen, in Indien hungern die Menschen, jetzt spiele ich meine Klarinette nicht mehr. Denn erstens hilft das den Indern nicht, die hungern trotzdem, und zweitens hat er die menschliche

Pflicht, wenn er Klarinette gelernt hat, dieses Talent einzusetzen. Schlechte Zeiten hat es immer gegeben, Kriege, Hunger, denken Sie an Schubert, der in bitterster Armut gelebt hat, und trotzdem hat er weitergeschrieben –»

«Aber für Sie persönlich sind die Zeiten nicht schlecht?»

«Nein, jetzt nicht. Ich habe auch schlechte Zeiten erlebt. In den letzten Kriegsjahren haben wir nichts zu essen gehabt, und Konzerte und Opern hat es ja auch keine gegeben, das waren schon miserable Zeiten, auch für mich. Aber Sie können doch nicht verlangen, dass Musiker aufhören zu musizieren, nur weil es irgendwo Hungersnot gibt, oder weil wir mit der Regierung nicht einer Meinung sind.»

«So meine ich das auch nicht, Maestro. Ich stelle nur in Frage, dass der heutige Konzertbetrieb zeitgemäß ist. Schubert, Mozart, Beethoven, die haben ja alle aus ihrer Zeit heraus geschrieben, die haben sehr bewusst in ihrer Zeit gelebt und haben ihre Zeit musikalisch ausgedrückt. Ist es aber ein Kommentar unserer Zeit, wenn ein Dirigent dafür kämpft, dass die Oboen haarscharf einsetzen oder dass die dritte Cellostimme eine Spur lauter ist, und das noch dazu bei einer Musik, die schon zweihundert Jahre alt ist? Hat man nicht gerade als Künstler die Verantwortung, in der heutigen Zeit zu leben, seinen Mitmenschen zu dienen, sie aufzuklären, zu erheben, ihre Not zu lindern?»

«Nein, der Meinung bin ich ganz und gar nicht. Bitte, wenn ich bei irgendjemandem die Not lindern kann, werde ich das tun. Ich bin ja kein Unmensch. Aber im Großen und Ganzen betrachte ich mich als einen Diener der Musik, sonst nichts. Es ist meine Aufgabe, den großen Meistern gerecht zu werden, dazu gehören auch die Oboen und die dritten Celli. Da kann der Hitler kommen oder der Dschingis Khan, ich werde immer dafür kämpfen, dass die Oboen oder die Posaunen so spielen, wie sich das der Mozart oder wer immer vorgestellt hat. Kommen Sie morgen in mein Konzert, da werden Sie erleben, was Perfektion und Ordnung ist. Da wird musiziert, wie es sich gehört, und wenn ich in den Proben hinter jedem Musiker mit einem Revolver stehen muss. So, und jetzt muss ich mich leider entschuldigen, meine Gäste warten. Der Baron von Thyssen soll noch kommen und der Herr Landeshauptmann von Salzburg hat sich angesagt, die ganze Prominenz. Sie sehen, ohne Musik kommt keiner aus, weder die hohe Staatskunst noch der einfache Bürger. Auf Wiedersehen, Fräulein, ich freu mich auf Ihren Artikel.»

Zwischenspiel

Kann der Mensch was dafür, dass Konzerte sind?
Kann der Mensch was dafür, dass er geht?
Ist Konzert eine Form von Gebet,
dem wir ohne Humor auf der Fährte sind?

Ist Konzert ein Ergebnis der Wissenschaft
oder nur eine Form der Musik,
die sich auffrisst, als wär sie Aspik,
und nur zitternd den winzigsten Bissen schafft?

Darf der Mensch sich erlauben,
sich sicher zu glauben
durch Lautsprecher und Mikrofon?
Oh, Christine Josefine,
mit der Leichenbittermiene,
warum hast du nicht Verstand statt Religion?

Der Tod ist nicht nervös,
sondern graziös
wie ein Kulturattaché.
Er wartet auf dich im Konzerthausfoyer

und denkt, vielleicht bleibst du zu Hause.
Doch dann sieht er dich nah'n,
stolz wie ein Hahn
und festlich im Flittergewand.
Da nimmt er dich galant bei der Hand
und führt dich verklärt
ins Konzert.

Wenn die Geigen drin fertig geschliffen sind
und die Flöten geladen mit Blei
und die Pauken voll giftigem Brei
und die Zuhörer langsam ergriffen sind,
wenn der Stardirigent mit der Flinte kommt
und sie kaltblütig anlegt und schießt,
was dann jeder besonders genießt,
wenn der Schuss als verminderte Quinte kommt,
ja, dann hört man Puccini,
Rossini, Bellini,
doch nie, nie den einsamen Schrei.
Oh, Christine Josefine,
mit der Leichenbittermiene,
warum hast du nicht ein Ohr, statt deren zwei?

Der Tod weint in sein Bier,
gleich neben dir.
Er scheint zufrieden zu sein.
Er lauscht mehr in sich selber hinein
und plant schon die nächsten Programme.
Der Tod ist abonniert.
Er finanziert
auch manchmal ein junges Talent,
sofern es sich deutlich zum Brauchtum bekennt,
das heißt; sich bewährt
im Konzert.

Wer von Bach die Toccata und Fuge hört,
überhört jeden Mord in Madrid.
Der gehässigste Antisemit
hat bei Mendelssohn immer gern zugehört.

Und was Mozart im Tiefsten empfunden hat,
wird verwandelt und heißt jetzt Kultur.
Man empfängt es um punkt zwanzig Uhr
und vergisst, wo die Welt ihre Wunden hat.

Dass er Bruckner trainiert,
und durch Brahms dividiert,
unterscheidet den Menschen vom Tier.
Oh, Christine Josefine,
mit der Leichenbittermiene,
wenn du Feuer in dir hast, verbrenn's Klavier!

Der Tod, und nicht der Ton,
macht das Konzert,
das unsere Herzen ergreift.
Und was uns dabei so im Innersten kneift,
ist nichts als das schlechte Gewissen.
Der Tod regelt im Frack
unseren Geschmack.
Und wir bezahlen dafür.
Er schließt hinter uns noch die schalldichte Tür,
damit uns nichts stört
im Konzert.

VII

> Wo die Liebe zum Menschen vorhanden ist, da ist auch die Kunst vorhanden.
>
> Hippokrates

«Ich habe Ihren Artikel über unseren verehrten Maestro gelesen», sagte der Generalsekretär des Konzertvereins zur Reporterin. «Ich muss schon sagen, wenn Sie sich das trauen, was werden Sie erst über mich schreiben?»

«Sie haben nicht meinen Artikel gelesen», erwiderte die Reporterin freundlich, «sondern nur, was der Maestro selbst gesagt hat. Bei Ihnen wird es nicht anders sein. Sie können natürlich den Artikel, den ich über Sie schreiben werde, vor der Veröffentlichung lesen und noch ändern.»

«Sagen Sie, warum gehen Sie ausgerechnet auf die Musiker los? Da gibt es doch viel lohnendere Objekte.»

«Ich gehe auf niemanden los, Herr Generalsekretär, ich versuche, so objektiv wie möglich zu berichten.»

«Das nennen Sie objektiv?»

«Kein Mensch ist total objektiv, das ist mir klar.»

«Na ja, bei mir liegt die Sache ohnehin anders, da ich kein Musiker bin. Ich bin in gewisser Weise nur ein Geschäftsmann, der Musiker an die Öffentlichkeit vermittelt, wobei ich, im Gegensatz zu einem normalen Geschäftsmann, am Ertrag oder Verlust nicht beteiligt bin. Das wiederum befähigt mich, das Geschäft nicht aus Profitgründen, sondern quasi aus Idealismus zu betreiben.»

«Aus reinem Idealismus?»

«Ich glaube schon. Ich könnte ja genau so gut in der Industrie oder in der Werbung tätig sein. Dann würde ich zwar weniger in der Zeitung stehen, aber ich würde mehr Geld verdienen.»

«Die Publicity gefällt Ihnen also.»

«Nein, da haben Sie mich missverstanden. Für mich persönlich ist Publicity unwichtig, aber sie dient der Sache, die ich vertrete.»

«Wir waren ja einmal Kollegen. Sie haben als Kritiker begonnen.»

«Ja. Ich habe mich immer zu den Künsten hingezogen gefühlt, und in der Kleinstadt, in der ich aufwuchs, war mein Job als Kritiker die beste Gelegenheit, mit der Kunst und mit Künstlern zusammenzutreffen. Aber das ist lange her.»

«Haben Sie nie daran gedacht, selbst Künstler zu werden?»

«Ich habe natürlich ans Schreiben gedacht. Musik kam für mich nie in Frage, weil man da ja sehr früh mit der Ausbildung beginnen muss. Aber ich habe gerade Musik sehr geliebt, nur blieb es halt eine unglückliche Liebe.»

«Und weil Sie die Musik so geliebt haben, machen Sie jetzt Geschäfte mit ihr?»

«Nein, ich sagte Ihnen ja schon, dass ich am Profit nicht beteiligt bin, und es gibt ja auch gar keinen Profit, also kann von Geschäften keine Rede sein. Ich bin, wenn Sie so wollen, ein Mäzen der Musik. Früher waren das die Fürsten und Könige, heute ist es der Staat, und ich bin ein Bevollmächtigter des Staates. Ich veranstalte Konzerte für den Staat, für das Volk.»

«Entschuldigen Sie, wenn ich jetzt ganz primitiv frage: Sie veranstalten Konzerte. Sie reisen also herum und hören Musiker an.»

«Nein, das ist heutzutage weder nötig noch möglich. Ich engagiere Musiker, die schon einen gewissen Namen haben. Wenn ich das nicht täte, würde ich Schwierigkeiten mit dem Publikum bekommen.»

«Sie meinen, die Leute gehen nicht in Konzerte, um Musik zu hören, sondern um Stars zu sehen.»

«So krass würde ich es nicht ausdrücken. Natürlich gehen die Leute in ein Konzert, um Musik zu hören, aber sie suchen sich ihre Interpreten aus. Im Radio, im Fernsehen und auf Schallplatten werden ihnen große Namen angeboten, also verlangen sie das auch in Konzerten.»

«Es gibt also ein Angebot berühmter Namen, und Sie suchen aus diesem Angebot diejenigen aus, von denen Sie sich Erfolg beim Publikum versprechen.»

«Ich bin vor allem gezwungen, mir die auszusuchen, die ich mir finanziell leisten kann. Große Namen sind nicht nur auf Jahre ausgebucht, sie kosten auch sehr viel Geld.»

«Anfänger haben also bei Ihnen keine Chance?»

«Doch, gelegentlich schon.»

«Aha! Dann sagen Sie mir bitte, was macht ein junger Musiker, der noch keinen Namen hat? Der steht doch nicht im Angebot.»

«Da haben Sie Recht. Ein junger Musiker, der am Anfang steht, hat es nicht leicht.»

«Was macht er also?»

«Das weiß ich nicht, und es ist mir auch egal. Wenn er was kann, wird er sich schon durchsetzen, das sieht man immer wieder. Er geht zu einem Agenten, oder er mietet einen Saal auf eigene Kosten –»

«Woher soll er denn das Geld nehmen?»

«Das ist seine Sache, nicht meine.»

«Sollte es nicht auch Ihre Sache sein als Bevollmächtigter des Staates und des Volkes?»

«Absolut nicht. Es ist meine Aufgabe, aus dem vorhandenen Angebot die bestmöglichen Künstler zu engagieren, mehr nicht.»

«Ein junger Musiker muss also demnach nicht nur etwas können, er muss auch Geld haben und geschäftstüchtig sein.»

«Warum reiten Sie immer auf den Anfängern herum? Natürlich haben es Anfänger schwer, aber das ist nicht nur in der Musik so. Und natürlich hat es ein Anfänger leichter, wenn er Geld und Durchsetzungsvermögen besitzt.»

«Dann gibt es also so gut wie keinen Unterschied zwischen Ihrem Mäzenatentum und dem früheren fürstlichen Mäzenatentum.»

«Unsinn! Bei den Fürsten sind die Künstler verhungert. Denken Sie an Mozart, Schubert!»

«Das waren Komponisten, keine Interpreten. Aber gut, sprechen wir von Komponisten: Welche Komponisten fördern Sie?»

«Fräulein, es hat keinen Sinn, wenn Sie polemisieren. Wir müssen uns über eines im Klaren sein: Es ist in keiner Weise meine Aufgabe, Komponisten oder Interpreten zu fördern. Ich habe im Grunde drei Aufgaben: Erstens, die Belange unseres Orchesters und des hauseigenen Dirigenten zu verwalten, zweitens die Gebäudeverwaltung und drittens, Gastsolisten und Gastdirigenten zu engagieren. Diese drei Grundaufgaben habe ich so zu bewerkstelligen, dass eine gute Konzertsaison zustande kommt, die möglichst viel Publikum bringt und möglichst wenige Abonnenten ärgert. Das heißt, ich muss nicht nur für die betreffenden Menschen sorgen, sondern auch für die Programmgestaltung. Das Programm muss ausgewogen sein, also weder zu modern, noch zu konservativ. Ich muss die Jugend zufrieden stellen, die älteren Herrschaften und die Avantgarde. Über all das, Fräulein, können Sie mich befragen, so viel Sie wollen, nicht vielleicht weil ich gutmütig bin, denn, seien wir ehrlich, ich mag Sie nicht, und Sie mögen mich nicht, sondern weil gelegentliche Zeitungsreportagen zur Öffentlichkeitsarbeit gehören, für die ich ebenfalls verantwortlich bin. Wenn Sie mir aber Dinge vorwerfen wollen, die außerhalb meines Aufgabenbereichs liegen, so hat das gar keinen Sinn.»

«Verzeihen Sie, ich bin offensichtlich das Opfer eines Missverständnisses. Ich dachte, der Generalsekretär des

Konzertvereins arrangiert Konzerte, in denen es vor allem um Kunst und Qualität geht. Jetzt entdecke ich, dass Ihre Arbeit viel prosaischer ist: Sie beschwichtigen das Orchester und den hauseigenen Dirigenten, Sie beschwichtigen das Publikum, indem Sie versuchen, es möglichst vielen recht zu machen, und Sie bemühen sich, berühmte Solisten möglichst billig einzukaufen. Macht Ihnen diese Arbeit eigentlich Spaß?»

«Sie werden lachen: Ja!», sagte der Generalsekretär. «Ärger gibt es natürlich immer wieder, mal mit den Abonnenten, mal mit dem Orchestervorstand und mal mit Journalisten wie Ihnen. Aber wenn dann ein Konzert stattfindet, wenn die festlich gekleideten Leute kommen, wenn ich dann schöne Musik höre und wenn mir der Applaus beweist, dass wir richtig liegen, dann fühle ich Befriedigung und empfinde meine Arbeit als notwendig und schön.»

«Eine andere Frage, Herr Generalsekretär», sagte die Reporterin, «wenn Sie Schallplatten für Ihren eigenen Gebrauch kaufen, also nicht geschäftlich, nach welchem Gesichtspunkt kaufen Sie dann ein?»

«Da haben Sie Recht, das sind zwei verschiedene Dinge. Meine Schallplattensammlung richtet sich natürlich nach meinem persönlichen Geschmack. Als Konzertveranstalter muss ich hingegen auch Rücksicht auf andere Geschmacksrichtungen nehmen.»

«Das habe ich mir auch gedacht, und nun frage ich Sie: Sind Sie Generalsekretär des Konzertvereins geworden, um andere Geschmacksrichtungen zu berücksichtigen? Wo bleibt da der von Ihnen genannte Idealismus?»

«Glauben Sie mir, es bleibt noch genug Idealismus übrig.»

«Wieso? Sie haben nicht die Möglichkeit, junge Komponisten oder Musiker zu fördern, Sie haben nicht die Möglichkeit, Programme nach Ihrem persönlichen Geschmack zu gestalten, Sie müssen das Gebäude verwalten und sich um die Belange des Orchesters kümmern, also die Buchhaltung, die Altersversorgung und so weiter, und das muss doch für einen Mann wie Sie sehr langweilig sein. Sie haben, wie Sie sagen, viel Ärger mit allen möglichen Leuten, also jetzt frage ich Sie noch einmal: Wo bleibt der Idealismus?»

«Das kann ich Ihnen gerne sagen, aber nur off the record.»

«Bitte sehr.»

«Es wird nicht veröffentlicht?»

«Sie haben mein Wort. Wenn Sie es nicht wünschen, werde ich es nicht schreiben.»

«Also gut! Mein Idealismus, Fräulein, ist folgender: Ich habe eine wunderschöne Wohnung mit erlesenen und sehr teuren Möbeln. Ich fahre häufig in mein Wochenendhaus, das ist eine Villa mit einem herrlichen Garten und einem großen Schwimmbecken. Ich fahre einen neuen Mercedes, und meine Frau fährt einen neuen Alfa Romeo. Wir leisten uns von allem das Beste. Das ist die eine Seite. Die andere Seite ist, dass ich hier der Generalsekretär bin, ich habe, wie Sie sehen, ein luxuriöses Büro, und was ich sage, geschieht. Ich habe natürlich meine Vorschriften, mein Budget, meine Rücksichtnahmen, aber so lange ich mich an all das halte, redet mir kein Mensch drein. Ich tue nicht, was man mir sagt, sondern ich sage, was man tun soll. Ich werde ergebenst gegrüßt, und wenn eine junge Musikerin zu mir kommt, bin ich der Herr Generalsekretär, und sie ist meine junge Musikerin. Wenn Sie jetzt sagen, das hat alles nichts mit Musik zu tun, dann haben Sie zwar recht, aber es gibt noch viele andere positive Seiten. Ich kann, zum Beispiel, Journalisten empfangen, und ich kann Journalisten hinauswerfen. Sehen Sie, Fräulein, und jetzt werfe ich Sie hinaus. Ich habe Ihr Wort, dass alles, was ich jetzt gesagt habe, nicht gedruckt wird.»

VIII

> Nicht die Stimmen der Tiere, sondern ihre Gedärme sind uns wichtig und das Tier, dem die Musik am meisten verdankt, ist nicht die Nachtigall, sondern das Schaf.
>
> Eduard Hanslick

«Der Maestro und der Herr Generalsekretär haben auf alle unbequemen Fragen geantwortet, die von mir angeschnittenen Themen gehörten nicht zu ihrem Aufgabenbereich. Sie haben sich auf Befehlsnotstand herausgeredet», klagte die Reporterin dem berühmten Komponisten.

«Sie hätten gleich zu mir kommen sollen», erwiderte der berühmte Komponist. «Mit Dirigenten und Managern spricht man nicht über Musik.»

«Wir sprachen nicht über Musik», sagte die Reporterin, «sondern über Konzerte.»

«Ach so! Ja, bei Konzerten geht es nie um Musik, das stimmt. Musik ist ja auch nicht der Sinn von Konzerten. Musik ist Musik und Konzerte sind Konzerte.»

«Das beginne ich langsam zu begreifen.»

«Manchmal gebe ich mir große Mühe mit meiner Musik», sagte der Komponist, «aber dann wird kein Konzert daraus. Wenn ich mir weniger Mühe gebe, ist es für alle Beteiligten leichter.»

«Und was sagt das Publikum dazu?»

«Ich bitte Sie, das Publikum wird nicht gefragt, sondern manipuliert. Erstens durch die Musik selber, indem man ohne besonderen Grund elektronische Klangwirkungen einbaut, mit neuartigen Schlaginstrumenten Mätzchen macht oder im Orchester schießen oder pfeifen oder irgendeinen Gegenstand zertrümmern lässt. Auch leises

Kratzen und ohrenbetäubender Lärm sind immer wirkungsvoll. Und zweitens manipuliert man das Publikum, indem man berühmte Solisten oder Dirigenten auftreten lässt oder Skandalgeschichten über das Liebesleben des Komponisten und Reportagen über Probenkräche verbreitet. Wie gesagt, es dreht sich ums Konzert oder um die Oper, nicht um die Musik.»

«Ist das nicht sehr entmutigend?»

«Für mich nicht. Ich bin von meinem Genie überzeugt, was andere von mir denken, interessiert mich nur selten.»

«Sagen Sie das auch, um die Leute zu manipulieren?»

«Das müssen Sie selbst beurteilen. Wenn Sie Lust haben, können Sie ja bei einem Konzert, wo man meine Musik spielt, eine Weile zuhören. Sie wären dann jedenfalls eine Ausnahme.»

«Das klingt aber ein wenig verbittert.»

«Jede Wahrheit klingt am Anfang bitter. Erst nachdem man sie verdaut hat, wird sie süß.»

«Sie können doch nicht im Ernst behaupten, dass es Ihnen egal ist, ob man ihrer Musik zuhört oder nicht.»

«Wie ich Ihnen bereits sagte, Musik ist Musik und Konzerte sind Konzerte. Manchmal, wenn ich viel Zeit und Lust habe, schreibe ich Musik. Die spiele ich dann den drei oder vier Leuten vor, deren Urteil ich schätze. Wenn die meine Musik verstehen und billigen, macht mich das überaus glücklich. Aber meistens schreibe ich keine Musik, sondern Konzerte. Sonst wäre ich nicht berühmt, sondern nur genial.»

«Nun sprechen auch Sie von Ihrem Aufgabenbereich, wie die anderen.»

«Statt Aufgabenbereich können Sie bei mir auch Bankkonto sagen. Wundert Sie das? Haben Sie sich je die Mühe gemacht, meine Musik genau anzuhören?»

«Nein, aber ich verstehe nicht viel von Musik.»

«Sie meinen, Musik gehört nicht zu Ihrem Aufgabenbereich», sagte der Komponist lächelnd. «Liebes Fräulein, Musik muss man nicht verstehen, Musik muss man anhören und genießen.»

«Das heißt soviel wie: Leute, die in Symphoniekonzerte gehen, genießen die Musik nicht.»

«Ich würde es nicht ganz so pauschal ausdrücken. Ich würde sagen, dass der pure, ungetrübte Musikgenuss bei Symphoniekonzerten ziemlich selten ist. Dort geht es doch um ganz andere Dinge: Den Dirigenten und die Solisten, die Interpretation längst bekannter Stücke, auch Tüftelei genannt, es geht ums Abendkleid, ums Essen nach dem Konzert, und in der Oper geht es natürlich auch um die Inszenierung und die schönen Stimmen, man muss ja den Musikkritikern etwas zu schreiben geben. Um die Musik geht es immer nur am Rande.»

«Ist das immer so gewesen?»

«Ich glaube nicht. Es ist ein Zeichen unserer Zeit.»

«Halten Sie es für unmoralisch?»

«Ich halte es für total unmoralisch. Aber wenn Konzerte nicht unmoralisch wären, würden sie keinen Spaß machen.»

«Demnach halten Sie auch sich selbst für unmoralisch.»

«Auch ich bin total unmoralisch. Leider habe ich noch keine Möglichkeit entdeckt, mich darin von meinen Mitmenschen zu unterscheiden.»

«Sie sind aber nur indirekt unmoralisch. Könnten Sie auch direkt unmoralisch sein? Könnten Sie zum Beispiel jemanden ermorden?»

«Wahrscheinlich nicht. Dazu bin ich zu heimtückisch. Ich bewundere Mörder mit dem eigenen Messer oder der eigenen gestohlenen Pistole in der Hand.»

«Würden Sie auch Ihren eigenen Mörder bewundern?»

«Nein. Ich bewundere nur die Mörder anderer Leute. Schade, dass ich nur sehr wenige Mörder kenne.»

«Wie stehen Sie zu den Klassikern?»

«Ich zähle mich zu ihnen. Der Komponist, der in Konzerten aufgeführt wird, ist ein Klassiker. Der Klassizismus repräsentiert den Staat und der Staat bezahlt die Konzerte. Klassisch sein heißt: den Staat befürworten und somit Ruhe, Ordnung und Bürgersinn verbreiten. Ein klassisches Symphonieorchester ist ja auch ein herrliches Symbol für einen Staat. Wie in einem Staat, spielt zwar jeder etwas anderes, aber da jeder nur das spielt, was ihm vorgeschrieben wird, kommt Wohlklang heraus. Angeblich!»

«Aber wenn Sie komponieren, müssen Sie doch auch den Musikern vorschreiben, was sie spielen sollen.»

«Ich sagte ja: Ich bin ein Klassiker.»

«Gibt es denn auch Komponisten, die in diesem Sinn keine Klassiker sind?»

«Natürlich. Es gibt zum Beispiel Improvisatoren. Und es gibt einige Komponisten, die ihre Musik ganz anders einsetzen, als es in Symphoniekonzerten üblich ist, vielleicht in Verbindung mit Text oder mit Bildern. Eine ganze Reihe von Komponisten versuchen, vom Klassizismus loszukommen. Der Staat sieht das allerdings nicht gern.»

«Was kann der Staat ihnen anhaben?»

«Der Staat ist der Stärkere. Er kann sie zu Grunde richten, auslachen, einsperren. Nur der Tod ist noch stärker als der Staat. Wenn ein echter Komponist einmal tot ist, kann ihm auch der Staat nicht mehr schaden, wohingegen er dem Staat unter Umständen noch schaden kann.»

«Sie halten sich also nicht für einen echten Komponisten?»

«Ich werde doch nicht so dumm sein, Ihnen das zu sagen. Sagt ein Hochverräter, dass er ein Hochverräter ist? Im übrigen halten sich viele echte Komponisten nicht für echte Komponisten, so wie sich Terroristen nicht für Terroristen halten. Die sagen ja, dass die wahren Terroristen in der Regierung sitzen.»

«Sitzen denn auch Komponisten in der Regierung?»

«Natürlich. Das ist lediglich eine Frage der Kommunikationsmittel. Es besteht für mich überhaupt kein Zweifel daran, dass viele Politiker ausgezeichnete Komponisten sein könnten, wenn sie nicht Politiker wären.»

«Dann würden sie vermutlich weniger Schaden anrichten.»

«Im Gegenteil: Mehr! Komponisten sind nicht abwählbar. Auch sind die meisten Staatsbürger viel misstrauischer gegenüber einem Politiker als gegenüber einem Komponisten. Man hört viel von Staatsverdrossenheit, aber so gut wie nichts von Konzertverdrossenheit. Leute, die von Politik nichts wissen wollen, flüchten in die Musik und merken gar nicht, dass sie dort politischer agieren als je zuvor. Denken Sie an den Maestro, den Sie interviewt haben!»

«Sie halten also Komponisten für gefährlich?»

«Für gemeingefährlich. Natürlich immer nur in Verbindung mit Orchestermanagern, Politikern, Dirigenten und Musikern. Ein total allein gelassener Komponist ist so wirkungslos wie ein total alleingelassener General. Komponisten sind schon deshalb gemeingefährlich, weil sie sich entschlossen haben, Komponisten zu werden, statt Uhrmacher oder Straßenbahnschaffner. Ein Uhrmacher repariert anderer Leute Uhren, aber ein Komponist manipuliert anderer Leute Hirne und Gefühle, das ist ein äußerst gefährlicher Beruf.»

«Ich dachte immer, Komponisten interpretierten ihre Zeit, wirkten also aufklärerisch.»

«Da dachten Sie aber äußerst naiv, Fräulein. Moderne Komponisten, die in Symphoniekonzerten aufgeführt werden, interpretieren unsere Zeit nur, indem sie die gegenwärtigen Verhältnisse bestätigen. Es gibt natürlich Ausnahmen, und es gibt eine Unmenge Komponisten, die in Symphoniekonzerten nicht aufgeführt werden. Aber im Allgemeinen gilt: Ein Komponist, der sich entschließt, in den Konzertbetrieb einzusteigen, wie ich, muss auch die Regeln des Konzertbetriebs respektieren.»

«Was sind das für Regeln?»

«Eine lautet, dass das Publikum immer spüren muss, dass der schlechteste Beethoven noch immer wertvoller ist, als der beste zeitgenössische Komponist. Eine andere Regel ist, dass man einem Orchestermusiker, der schließlich Staatsbeamter mit Pensionsanspruch ist, nicht allzu sehr aus seiner Ruhe schrecken darf. Es gibt sehr viele Regeln. Es hat lange gedauert, bis ich alle gelernt hatte.»

«Eine letzte Frage: Gibt es denn in der Musik keine ewigen Werte?»

«In der Musik kann nur ewig sein, was auch sonst ewig ist. Es gibt, zum Beispiel, seit ewigen Zeiten Unterdrücker und Unterdrückte, und manche Komponisten haben das vor vielen Jahren schon so treffend ausgedrückt, dass wir uns noch heute davon angesprochen fühlen. Man sorgt allerdings dafür, dass wir nicht die richtigen Schlüsse daraus ziehen, sondern die falschen. Und es muss dahingestellt bleiben, ob wir auf ewig Unterdrücker und Unterdrückte haben werden. Ich glaube nicht so recht an ewige Werte. Die meisten Chinesen, und das ist schließlich ein Viertel der Menschheit, kommen ihr Leben lang recht gut ohne Mozart aus. Und obwohl sich ein Großteil meines Lebens um Musik dreht, komme ich schon seit Jahren ohne ewige Werte wie Bruckner oder Chopin aus, von ewigen Werten à la Vivaldi oder Gluck ganz zu schweigen. Manche Leute versuchen, negativen Zeiterscheinungen eine positive Deutung zu geben, indem sie erklären, das habe es schon seit ewigen Zeiten gegeben. Und umgekehrt kann für solche Leute nichts positiv sein, was es nicht schon seit ewigen Zeiten gegeben hat. Aber selbst wenn es ewige Werte geben sollte, wäre ich dafür, dass man sie abschafft. Sie behindern den Fortschritt und machen die Mageren hungrig und die Satten noch dicker. Was ist schon ein ewiger Wert, verglichen mit einem neuen Wertgefühl!»

Zwischenspiel

Was machen wir,
wenn uns die Musik plötzlich abhanden kommt
durch Umweltverschmutzung, Energieverknappung, Krieg,
wenn die Musik eines Tages ganz einfach weg ist,
vergessen, verloren, verschwunden,
wie jetzt zum Beispiel Wandergesellen
oder manche Arten von Schalentieren?

Was machen wir,
wenn wir eines Tages aufwachen,
und jemand sagt uns,
es gibt keine Musik mehr,
leider, leider,
Opfer der Technik,
aber dafür gibt es mehr Flugzeuge,
mehr Elektronenrechner,
mehr persönliche Bequemlichkeit,
und im Museum steht immerhin ein alter Bechsteinflügel,
aus dem allerdings kein Ton mehr herauskommt?
Was machen wir dann?
Nichts machen wir!
Das sieht man ja schon heute, dass wir nichts machen.

Was machen wir aber,
wenn uns die freie Natur plötzlich abhanden kommt
durch Bevölkerungsexplosion, Rohstoffmangel,
exponentielles Wachstum,
wenn die Natur eines Tages ganz einfach weg ist,
ausgestorben, abgebröckelt, vertrocknet,
wie jetzt zum Beispiel Postkutschen
oder manche Arten von Stieglitzen?

Was machen wir,
wenn wir eines Tages aufwachen
und jemand sagt uns,
es gibt keine freie Natur mehr,
leider, leider,
Opfer der Technik,
aber dafür gibt es mehr Nachtlokale,
mehr Kosmetika,
mehr industrielle Entwicklungshilfe,
und im Museum steht immerhin ein Weihnachtsbaum aus Plastik,
den man allerdings jede Woche neu bespannen muss?
Was machen wir dann?
Nichts machen wir!
Das sieht man ja schon heute, dass wir nichts machen.

Aber was machen wir,
wenn uns der Hass plötzlich abhanden kommt,
wenn wir nicht mehr hassen können, nur mehr lieben,
und dann lieben wir die Technik, die Ausbeutung,
die Ungerechtigkeit,
wir lieben die Grausamkeit, den Neid, den Tod,
wenn der Hass eines Tages ganz einfach weg ist,
verspielt, verschlissen, verspekuliert,
wie jetzt zum Beispiel der Gemeinsinn
oder manche Arten von Demut?

Was machen wir,
wenn wir eines Tages aufwachen,
und jemand sagt uns,
es gibt keinen Hass mehr,
leider, leider,
Opfer der Technik,
aber im Rathaus steht immerhin
ein computergesteuertes Atomkraftwerk,

das die ganze Welt mit allem versorgt,
außer mit Hass gegen uns selber?
Was machen wir dann?

Tja,
dann haben wir immer noch die Möglichkeit,
Konzerte zu veranstalten.

IX

Seit einiger Zeit sehen sich die Leute von nicht alltäglichem Kunstverständnis beim Verlassen eines Konzerts, einer Ausstellung oder eines Museums oft überrascht von der Tatsache, dass sie bei diesen Darbietungen keinerlei Genuss empfanden. Wäre ihnen die Qualität der gehörten Musik oder der betrachteten Gemälde mangelhaft erschienen, würde sie dieses fast völlige Ausbleiben des ästhetischen Genusses nicht befremden. Aber die von mir erwähnte Erscheinung besteht ja gerade darin, dass selbst wenn wir das Kunstwerk schätzen oder sogar ausgezeichnet finden, diesem verstandesmäßigen Urteil sich nicht die tiefe Erschütterung, die leidenschaftliche Ergriffenheit hinzugesellen, die im wesentlichsten den künstlerischen Genuss ausmachen.

Ortega y Gasset

«Bitte treten Sie näher», sagte Elfriede Stenzel, «ich freue mich ja so, Sie kennen zu lernen. Mein Mann wird gleich hier sein. Das ist unser Sohn Thomas, nächstes Jahr macht er Abitur. Sie trinken doch auch Kaffee? Oder wollen Sie lieber Tee? Erich! Die Dame von der Zeitung ist hier!»

«Ich bin ja schon da», sagte Erich Stenzel und schüttelte die Hand der Reporterin. «Nehmen Sie Platz! Thomas, man setzt sich erst, nachdem der Gast sich gesetzt hat! Elfriede, ich glaube, eine Kuchengabel fehlt.»

«Aber, nein», sagte Elfriede, «wir sind doch nur vier, und hier sind vier Gabeln. Nehmen Sie Streusel, Apfel oder Aprikosen? Oder lieber einen Negerkuss?»

«Apfel», sagte die Reporterin.

«Apfel!», sagte Erich. «Du gibst der Dame ja Aprikosen. Sie sagte doch Apfel!»

«Ach, entschuldigen Sie», sagte Elfriede, «ich weiß gar

nicht, wo mir der Kopf steht. Als die Leute anriefen und sagten, wir kämen in die Zeitung – nein, so was! Ich konnte es zuerst gar nicht glauben.»

«Streuselkuchen für mich», sagte Thomas, der Sohn.

«Nimm erst mal einen Negerkuss», erwiderte seine Mutter und gab ihm einen, «du hast Negerküsse doch so gern.»

Der Vater erhielt Streuselkuchen, die Mutter aß gar nichts, sie sei zu aufgeregt, befand sie, und dann trank man Kaffee und unterhielt sich über die neugierigen Nachbarn und über Thomas' schulische Leistungen. Mühsam steuerte die Reporterin auf ihr Thema zu.

«Ich habe Ihnen ja schon telefonisch gesagt, worum es in meiner Artikelserie geht», sagte sie.

«Ach, das waren Sie selbst am Telefon?», fragte die Hausfrau. «Ich dachte, es sei jemand von der Zeitung.»

«In welche Zeitung kommt es denn?», fragte Herr Stenzel.

«In keine Tageszeitung», sagte die Reporterin, «eine Schweizer Wochenzeitung wird es wahrscheinlich in ein paar Monaten auszugsweise bringen, aber vor allem wird es in die englische Sprache übersetzt und erscheint als Serie in einem englischen Wochenblatt. Die Serie ist bereits angelaufen.»

«Dann können wir es ja gar nicht lesen», meinte Frau Stenzel enttäuscht.

«Doch», tröstete die Reporterin, «ich schicke Ihnen meinen Artikel zu. Und wenn's die Schweizer drucken, schicke ich Ihnen das auch zu.»

«Warum kommt es nicht ins Tagblatt?», wollte Herr Stenzel wissen.

«Tageszeitungen drucken solche Dinge nur sehr selten», erklärte die Reporterin, «es hat ja keine Tagesaktualität.»

«Aber die bringen doch auch Konzertkritiken.»

«Nun ja», sagte die Reporterin, «das ist eben etwas anderes.»

«Wie auch immer», lenkte die Hausfrau ein, «wir freuen uns, dass Sie zu uns gekommen sind. Jetzt, wo ich weiß, dass es nicht im Tagblatt stehen wird, kann ich ruhig ein Stück Kuchen essen.»

«Das Tagblatt hat mir sehr geholfen», erzählte die Reporterin. «Durch das Tagblatt habe ich Ihren Namen erfahren. Man suchte Sie dort als typische Konzertabonnentenfamilie aus.»

«Ach, so ist das», sagte Erich Stenzel, «wenn's weiter nichts ist! Ja, wir haben unser Abonnement jetzt seit sechs Jahren. Man kann ja nicht jeden Abend vor der Glotze hocken.»

«Und wir wollten, dass Thomas wenigstens einmal im Monat gute Musik hört», fügte die Hausfrau hinzu. «Das ist doch so wichtig.»

«Wichtig wofür?»

«Für alles. Für seine Erziehung, für sein weiteres Leben, für alles», sagte Elfriede.

«Und gefällt Ihnen die Musik, Thomas?» fragte die Reporterin den Sohn.

«Oh, ja», antwortete Thomas, «manchmal ist es ganz gut. Einmal im Monat kann man das schon machen.»

«Wissen Sie noch, was im letzten Konzert auf dem Programm stand?»

«Nö», sagte Thomas, «das ist ja schon drei Wochen her.»

«Wissen Sie, was auf dem kommenden Programm steht?»

«Nö», sagte Thomas.

«Aber Thomas», sagte die Mutter, «das Programm liegt in der Schublade. Sieh doch nach und sag's der Dame!»

«Sie wissen es also auch nicht?», fragte die Reporterin.

«Ich weiß es auch nicht», sagte Erich, während seine Frau nach Worten rang. «Das ist doch nicht so wichtig. Man erfährt es ja rechtzeitig, wenn man hingeht.»

«Wer ist denn Ihr Lieblingskomponist?», fragte die Reporterin den Hausherrn.

«Eigentlich habe ich keinen», antwortete dieser, «das überlasse ich den Fachleuten. Wir gehen einfach hin und genießen die Musik.»

«Würden Sie auch gehen, wenn Ihre Frau nicht gehen wollte?», erkundigte sich die Reporterin.

«Wenn meine Frau nicht gehen wollte, würde ich auch nicht gehen», entschied Herr Stenzel. «Es ist ein Familienabend. Mal besucht man abends Freunde, mal hockt man vor der Glotze, und mal geht man ins Konzert.»

«Und Sie, Frau Stenzel», fragte die Reporterin die Hausfrau, «haben Sie einen Lieblingskomponisten?»

«Ich mag die Modernen nicht», sagte diese, «das ist eigentlich gar keine Musik, was die manchmal verzapfen. Die gehören ins Radio, wo man abdrehen kann, oder in spezielle Jugendkonzerte. Für mich ist ein Konzert eine Gelegenheit zu träumen.»

«Sie meinen, wenn Sie Musik hören, denken Sie an anderes.»

«Ja, Musik entrückt mich dem Alltag.»

«Genügt da nicht auch das Radio oder eine Schallplatte?»

«Nein», widersprach Elfriede, «in einem Konzertsaal ist doch eine ganz andere Stimmung. Das klingt viel lebendiger.»

«Und einmal im Monat träumen ist genug?»

«Ich würde auch öfter gehen», meinte die Hausfrau, «aber die Karten sind sehr teuer.»

«Sind Sie mit dem Programm im Großen und Ganzen einverstanden?»

«Ja», war die Antwort, «die machen das schon gut.»

«Und Sie, Herr Stenzel?»

«Ich bin kein Fachmann», sagte Erich, «aber das Fernsehen ist mir oft zu blöd, und das Konzert ist dann eine angenehme Abwechslung, auch wenn man dafür viel Geld hinlegen muss. Und ich finde es gut für den Jungen. Das ist eigentlich alles. Wenn Sie mich über Musik fragen und über das Programm, da kann ich nicht mitreden. Ich hab Beethoven gern und manchmal auch Tschaikowsky, russische Seele und so. Das Abonnement war ja die Idee meiner Frau. Ich war anfangs dagegen, aber jetzt muss ich sagen, sie hat recht gehabt, ich würde die Konzerte nicht gern missen.»

«Sind Sie mit dem Konzert einverstanden, Thomas?»

«Sicher», sagte der, «Konzerte sind zwar immer ein bisschen spießig, aber wenn man sich von vornherein darauf einstellt, dann geht's.»

«Sie würden lieber nicht ins Konzert gehen?»

«Das nicht, aber ich würde lieber in ein Jazzkonzert gehen.»

«Alles zu seiner Zeit», meinte seine Mutter.

«Also, so wie ich das sehe», erklärte die Reporterin, «ist der Konzertbesuch und das Abonnement und alles Drum und Dran auf die Initiative der Dame des Hauses zurückzuführen. Daher möchte ich Sie fragen, Frau Stenzel, wie kamen Sie darauf? Abgesehen davon, dass Sie bei Musik gerne träumen, warum gehen Sie mit Ihrer Familie zu Konzerten?»

«Nun ja», sagte die Hausfrau, «man muss doch versuchen, sein Leben zu verschönern, und das ist eben meine Aufgabe. Ich versuch's ja auch auf andere Weise. Zum Beispiel habe ich vorige Woche ein indisches Currygericht gemacht, damit es ein bisschen Abwechslung beim Abendessen gibt, aber ich glaube, meinem Mann war das gar nicht so recht.»

«Doch, doch», sagte Erich, «wenn's nur nicht zu oft ist.»

«Und ich versuche, die Wohnung gemütlich zu machen. Ein Theaterabonnement haben wir auch. Die Kultur darf nicht zu kurz kommen, sonst ist das Leben nur Arbeit und Fron.»

«Wie fühlen Sie sich denn nach einem Konzert?»

«Wie meinen Sie das?»

«Ich meine, haben Sie das Gefühl, etwas Neues erfahren oder etwas Besonderes erlebt zu haben?»

«Nein, etwas Besonderes nicht. Ein Konzert ist doch einfach etwas, was man unternimmt. Gehen Sie denn nie in ein Konzert?»

«Diskutieren Sie mit Ihrer Familie nach dem Konzert?»

«Nach dem Konzert gehen wir erst einmal auf ein Glas Bier», half Herr Stenzel seiner Frau. «Meistens mit Freunden, die auch im Konzert waren. Und dann gehen wir nach Hause. Gott sei Dank leben wir nicht mehr in Zeiten, wo ein Konzert etwas Besonderes ist!»

«Was finden Sie interessanter, ein Konzert oder ein Fußballspiel?»

Herr Stenzel lächelte. «Sie wollen mich wohl auf den Arm nehmen», sagte er.

«Nein, ich frage Sie allen Ernstes.»

«Na, das kann man doch gar nicht vergleichen», sagte er, «bei einem Fußballspiel weiß man doch vorher nicht, wie's ausgeht.»

«Sie würden also sagen, ein gutes Fußballspiel ist aufregender?»

«Aufregender schon», antwortete er, «aber nicht so kulturell.»

«Wissen Sie, dass es vor gar nicht langer Zeit nach manchen Konzerten Straßenschlachten gegeben hat?»

«Straßenschlachten?», fragte Herr Stenzel verdutzt. «Worüber?»

«Über die Musik», erklärte die Reporterin. «Manche Leute fanden die Musik aufregend, vielleicht sogar revolutionär, andere Leute waren entgegengesetzter Meinung. So kam es zu Schlägereien, wie heute vielleicht nach einem Fußballspiel.»

«Das kann ich mir überhaupt nicht vorstellen», meinte Herr Stenzel.

«Ich fände es auch gar nicht gut», sagte seine Frau.

«Schlägereien gehören auf einen Fußballplatz, wo die Leidenschaften hochgehen, aber nicht in ein Konzert. Schöne Musik soll doch gerade das Gegenteil bewirken, die Leute besänftigen.»

«Ich habe jedenfalls noch nie das Bedürfnis gehabt, mich nach einem Konzert mit jemandem zu schlagen», stellte Herr Stenzel fest. «Ich werde höchstens ungeduldig, weil die meisten Konzerte zu lang sind.»

«Erich!», sagte seine Frau vorwurfsvoll. «Wenn das in der Zeitung steht!»

«Na, dann werden die Konzerte vielleicht kürzer», sagte Herr Stenzel und lachte. «Nein, im Ernst, Fräulein, ich denke mir das so: Der Mensch lebt nicht vom Brot allein und ein Konzert ist sicher ein schöner Anlass, sich mal fein herauszuputzen und zusammenzukommen und ein bisschen zu hören, wie die Leute vor ein paar hundert Jahren musiziert haben, denn heutzutage gibt es das ja nicht mehr, und man soll das kulturelle Erbe weitergeben, damit auch unsere Kinder das lernen. Aber Aufregung oder heißes Blut können Sie bei einem Konzert nicht erwarten. Da müssen Sie eben zu einem Fußballspiel gehen oder zu einer politischen Versammlung.»

«Was ist eigentlich Ihre persönliche politische Einstellung?»

«Das will ich Ihnen gerne sagen, auch wenn's dann im Tagblatt steht», sagte der Hausherr. «Ich wähle schon seit Jahren SPD. Ich glaube allerdings, dass die meisten Konzertbesucher CDU wählen, wenigstens sehen sie so aus. Aber vielleicht werde ich das nächste Mal auch nicht SPD wählen.»

«Warum nicht?»

Erich Stenzel schüttelte den Kopf. «Zu lasch», sagte er, «man muss auch manchmal mit der Faust auf den Tisch hauen können.»

«Aber doch nicht wie der selige Adolf?»

«Der selige Adolf ist tot und vorbei», erklärte der Hausherr, «aber immer wenn man von Ordnung spricht, kriegt man den Adolf vorgehalten. Die sogenannten deutschen Tugenden, Ordnung, Fleiß, Strebsamkeit und so weiter, sind doch nichts Schlechtes, nur weil auch Adolf sie predigte. Ich will Ihnen mal was sagen: Ich hab da einen Artikel in einer Zeitschrift gelesen, es war sogar eine SPD-Zeitschrift, da stand, es ginge uns Deutschen zu gut, wir sollten an die weniger begüterten Völker denken und so. Und nun frage ich Sie: Dass es uns gut geht, das haben wir uns doch selbst geschaffen, oder? Und wir schaffen es uns ja noch immer. Wir arbeiten schwer und das ist bei manchen dieser südlichen Völker keine Selbstverständlichkeit. Warum sollen wir dann nicht die Früchte unserer Arbeit genießen? Klar geht's uns gut! Wissen Sie, ich kann zum Beispiel das Gequatsche von Umweltverschmutzung und das ewige Gemeckere über Atomkraftwerke nicht mehr hören. Wir haben Schwerindustrie und dabei gibt's eben auch Umweltverschmutzung. Und wenn wir nicht genug Öl haben, müssen wir Atomkraftwerke bauen. Da gibt's kein Zurück. Oder würden Sie Ihr Auto abschaffen, nur weil andere Leute zu faul oder zu dumm sind, sich eines zu erarbeiten? Und da steht in diesem Artikel, wir sollten ein schlechtes Gewissen haben! Nein, ich habe kein schlechtes Gewissen. Ich mache meine Arbeit, ich sorge für meine Familie und ernte die Früchte meiner Arbeit. Das ist mein gutes Recht. Und wem das nicht passt, der soll – entschuldigen Sie, wir sprachen ja von den Konzerten. Ich bin vom Thema abgekommen.»

«Nein, das glaube ich nicht», sagte die Reporterin.

X

> Den Kriegsverbrechern wurde der Prozess gemacht. Wer aber wird je die Friedensverbrecher zur Verantwortung ziehen? ... Sie werden nicht zur Verantwortung gezogen, sondern gefördert, geehrt, ausgezeichnet und hoch dotiert.
>
> Hans Weigel

Der Politiker hatte für die Reporterin keine Zeit. Er bedaure zutiefst, schrieb er ihr, Kultur sei sein Spezialgebiet, aber er müsse zum vorgesehenen Zeitpunkt dringend nach London, gerade wegen der Kultur. Er habe aber noch in der Nacht ein Statement diktiert, sie könne es in seinem Büro abholen, vielleicht ginge es auch so, notfalls könne sie das Statement in eine Frage- und Antwort-Form bringen. Das Statement des Politikers lautete:

Kunst ist für das Volk da. In diesem Sinn gibt es zwei Arten von Kunst: Geldkunst und Hirnkunst. Geldkunst, vor allem in den USA beheimatet, wird von einem freien Produzenten eingesetzt, um Geld zu verdienen. Dazu bedient er sich einer Kunst, die möglichst vielen Hirnen, die bereits durch Hirnkunst vorprogrammiert sind, zusagt. Hirnkunst wird vom Staat eingesetzt und versucht, die Hirne der Bürger zu gewinnen und zu lenken. Hirnkunst ist nicht etwa, was ein Künstler schreibt oder malt oder komponiert, sondern einzig und allein, was das Publikum dabei denkt oder fühlt.

Kunst, die weder Geld- noch Hirnkunst ist, existiert nur für außerhalb der Gemeinschaft lebende Künstler und deren zahlenmäßig unerhebliche Epigonen und Verehrer, die glauben, die Rechnung ohne das Volk machen zu können. Eine solche Kunst wird aber immer rechtzeitig von der

Geld- oder Hirnkunst aufgesogen, integriert und für eigene Zwecke verwendet. Ein Volk, das mit Hirnkunst hinreichend gesättigt wird, hat kein Verlangen nach anderer Kunst.

Eigenwillige Künstler, die sich der Geld- oder Hirnkunstproduktion entziehen, müssen zum Schutz des Staates ausgeschaltet werden. Man bedient sich hierbei verschiedener Methoden: Sperrung öffentlicher Medien, Ghettoisierung, Diffamierung, jedoch manchmal auch, im Gegenteil, staatlicher Ehrungen, Medaillen, Preise u. a. m.

A. Literatur

Hirnkunst in der Literatur bedeutet: Eindeutige Literatur. Wenn ein Volk genügend Arbeit und genügend eindeutige Literatur hat, wird es keine Zeit und keine Vorliebe für mehrdeutige Literatur haben. Mehrdeutige Literatur regt zu unkontrollierbaren schädlichen Träumen an, wohingegen ein Volk, das genügend interessante Wirklichkeit hat, keine Träume braucht, sondern nur Brot und Spiele, wobei Spiele natürlich wichtiger sind. Hier ist jedoch vor dem Trugschluss zu warnen, dass eindeutige Literatur keine Diskussion zulasse. Im Gegenteil: Die Bandbreite der angebotenen Meinungen und Stilrichtungen sei möglichst groß, um Vielfalt, Meinungsfreiheit und Demokratie zu demonstrieren, es ist nur streng darauf zu achten, dass die Diskussionsbeiträge den Rahmen nicht sprengen, der durch unseren Staat und seine Gesetzgebung vorgegeben ist. Das heißt, dass die Grundpfeiler unseres Denkens, z. B. unser Glaube an den technischen Fortschritt, die Wissenschaftsideologie, der Geldverkehr, die grundsätzliche Integrität unserer Gesellschaftsordnung, das Leistungsprinzip u. a. m. möglichst nicht erschüttert werden. Sollten dennoch unliebsame Denkformen entstehen, so sind sie in der fernen Vergangenheit (Klassik), der fernen Zukunft (Utopie) oder in fernen Ländern anzusiedeln.

B. Bildende Kunst

Hirnkunst in der bildenden Kunst bedeutet vorzugsweise gegenständliche Kunst. Jede Art von gegenständlicher Kunst kann vom Staat gefördert werden, so lange es sich um Bildermalerei oder Bildhauerei in den üblichen Proportionen und mit den herkömmlichen Materialien handelt. Aber auch nichtgegenständliche Kunst kann unter Umständen als Hirnkunst betrachtet werden. Man wird dies jeweils vom Stand der gegenständlichen Kunst, von der Arbeitslosenquote und anderen ökonomischen Faktoren abhängig machen. Wie in der Literatur, ist auch hier ein breit gefächertes Angebot zu empfehlen und die Diskussion innerhalb des beschriebenen Rahmens zu fördern.

Hirnkunst in der bildenden Kunst bedeutet jedoch vor allem Künstleranbetung, ein Prinzip, das übrigens auch den Wünschen der meisten bildenden Künstler entspricht. Es ist also eine Künstlerhierarchie zu schaffen, d. h. eine Typisierung sowie eine Einteilung der einzelnen Künstler in Arrivierte, Nichtarrivierte und entsprechende Zwischenstufen vorzunehmen. Strikt abzulehnen sind Künstler, die Materialien verwenden, die der Hierarchie zuwiderlaufen oder der Künstleranbetung abträglich sind. Abzulehnen sind ferner Künstler, die den Tagesablauf des Durchschnittbürgers in Frage stellen, kritisieren oder gar in ihn eingreifen. Auch hier wird man, je nach gegebener Lage, verschiedene Methoden anwenden, um solche Künstler auszuschalten. Man wird beispielsweise ihre Kunst zur Nichtkunst oder zur gewerblichen Kunst erklären, um damit die Anbetung durch das Volk zu verhindern. In diesem Zusammenhang ist hinzuzufügen, dass zwar gelegentliche Hirnkunst von Künstlern, die keinen persönlichen Ehrgeiz entwickeln, geduldet werden kann, dass aber schon aus obigen Gründen vor allem Künstler zu fördern sind, die sprungbereit für das Podest sind.

C. Musik

Da es in der Musik kaum eindeutige oder gegenständliche Musik gibt, wird sich die Hirnkunst auf das musikalische Erbe und auf die sogenannte Gewohnheitsmusik konzentrieren. Mit musikalischem Erbe bezeichnet man antike (z. B. Bach, Händel), klassische (z. B. Beethoven), romantische (z. B. Schubert, Weber) und gemäßigte moderne (z. B. R. Strauß, Hindemith) Musik. Gewohnheitsmusik ist jede Musik, die sich auf die Melodik und Harmonik des musikalischen Erbes stützt, bzw. dieses zitiert, verwendet und anbetet. Somit komme ich zum eigentlichen Thema dieses Statements, nämlich Konzertveranstaltungen mit ernster Musik.

Es scheint mir, dass man bei Konzertveranstaltungen obiger Gattung folgende Dinge berücksichtigen muss (diese Liste erhebt jedoch keinen Anspruch auf Vollständigkeit):

1. Das Publikum kommt nicht zu einem Konzert, um Musik zu hören, sondern um ein Konzert zu besuchen.

Die gespielte Musik darf also den Konzertgenuss nicht beeinträchtigen oder gar schmälern. Man geht beispielsweise in ein Konzert, um sein Selbstwertgefühl zu heben, also sich zu beweisen, dass man einer Elite angehört. Da man in letzter Zeit, im Zuge der Erziehung zum Leistungsprinzip, Konzerte auch niedrigeren Schichten der Bevölkerung zugänglich gemacht hat, ist festzuhalten, dass Konzerte im Allgemeinen für die höheren Schichten des Bürgertums oder für solche, die sich dafür halten, veranstaltet werden. Es wäre daher völlig verfehlt, dieses Elite-Gefühl des Konzertpublikums durch neuartige, mit unerwarteten Effekten versehene Musik zu verwirren. Auch National- oder Lokalstolz mögen Gründe für einen Konzertbesuch sein, dito Komponisten- oder Dirigentenverehrung, Jugenderziehung und gehobener Zeitvertreib. Alle diese Motive könnten durch falsch verstandene Musik beeinträchtigt, ja verhöhnt werden, und es widerspräche daher dem Geist von Konzertveranstaltungen, würde man andere Musik als musikalisches Erbe und Gewohnheitsmusik zu Worte kommen lassen.

2. Ist das Publikum mit der Platzverteilung und den dazugehörigen Kartenpreisen einverstanden?

Hierzu ist anzumerken, dass es selbstverständlich ist, dass man in den meisten Konzertsälen auf allen Plätzen gleich gut hören kann, dass aber ein Konzert, das den Besuchern die Platzwahl freistellte oder für alle Plätze die gleichen Eintrittspreise erheben würde, einen wichtigen Teil seines Kerngedankens verfehlte. Die Rangordnung, die in einer Demokratie zum täglichen Leben gehört, muss nämlich auch im Konzertsaal geltend gemacht werden. Wer mehr zahlt, muss nicht nur den Dirigenten besser sehen, sondern er muss auch demonstrieren können, dass er mehr gezahlt hat.

3. Wird dem Publikum genügend Gelegenheit zum Applaudieren gegeben?

Es ist hierbei unerheblich, wie viel Applaus ein einzelner Künstler erhält, wesentlich ist, dass die Rituale beachtet werden, die das Publikum zum Applaus anregen. Applaus in einem Konzert bedeutet immer Selbstbestätigung sowie auch Bestätigung des Konzertwesens, unserer Lebensart und unserer nationalen Eigenart. Was die Vortragenden betrifft, denen der Applaus zum Teil natürlich auch gilt, genügen einige Stichworte zu diesem Ritual: Deutlich sichtbarer Auftritt (es ginge beispielsweise nicht an, dass der Dirigent das Podium gleichzeitig mit dem Orchester betritt), Überreichung von Blumen, gezieltes Ansetzen eventueller Zugaben, Mimik und Gestik während der Schlussakkorde. Diese Rituale sind zu bekannt, als dass man hier näher auf sie eingehen müsste. Was die Kompositionen betrifft, so sind vor allem die Schlusstakte wichtig, damit der Moment des Beifalls das Publikum nicht unvorbereitet trifft. Man wähle also Kompositionen aus, deren Schlusstakte zumindest bei einem Teil des Publikums als bekannt vorausgesetzt werden können, ferner Kompositionen, deren Schlusstakte entweder aufdringlich laut sind oder überdeutlich langsam verklingen. Zu vermeiden sind Kompositionen, deren Ende plötzlich und unvermittelt kommt. Sollte die Aufführung einer solchen Komposition nicht zu umgehen sein, ist es Sache des Solisten oder des Dirigenten, das Ende der Komposition möglichst dezent anzuzeigen (langsames Sinkenlassen der Hände, Lächeln, Entspannung, Schließen des Klavierdeckels etc.). Keinesfalls darf der Solist, nur weil das nichtsahnende Publikum nicht applaudiert, verärgert dem Ausgang zustreben. Der Solist möge sich vor Augen halten, dass Konzertbesucher vorwiegend sich selbst applaudieren, d.h. ihrer Leistung, das Konzert besucht zu haben, sowie dem Staat, der es ihnen ermöglicht hat. Dies kann man bei überschwänglichen Publikumshuldigungen für bestimmte Persönlichkeiten und Orchester, die als Nationalsymbole gelten, immer wieder beobachten.

4. Geben die Programmauswahl, die ausführenden Musiker und der festliche Rahmen dem Publikum das Gefühl, dass mit unserer Welt alles in Ordnung ist?

Es braucht hier kaum betont zu werden, dass mit unserer Welt nicht alles in Ordnung ist. Wäre alles in Ordnung, brauchten wir nicht Geld und Mühe für Konzertveranstaltungen aufzuwenden, denn dann könnte jeder musizieren und Musik hören, wo und wann es ihm beliebt. Es wäre aber fatal, würde man ausgerechnet in einem Konzert dem Publikum den Eindruck vermitteln, dass unsere Welt leider nicht nur fehlerhaft und untergangsnahe, sondern auch brutal, dumm und zynisch ist. Es kann nicht der Sinn eines Konzerts sein, das Publikum aufzuklären oder gar den

Staat und dessen leitende Persönlichkeiten zu gefährden. Ein Konzert soll beruhigen und das Selbstwertgefühl der Konzertbesucher heben, wobei es gleichgültig bleiben kann, ob das Selbstwertgefühl eines grundsätzlich anständigen oder eines moralisch verwerflichen Konzertbesuchers gehoben wird.

In diesem Zusammenhang muss man noch anführen, dass es sowieso nicht erstrebenswert sein kann, dass in Konzerten allzu viel gedacht wird. Es wäre möglicherweise richtiger, Konzerte nicht als Hirnkunst, sondern als Gefühlskunst zu betrachten. Dabei ist davon auszugehen, dass Gefühle ungefährlich bleiben, so lange sie nicht in Gedanken oder gar Taten umgesetzt werden. Letzteres ist leicht zu verhindern, indem man prinzipiell allen Gefühlen einen Freiraum einräumt, der vom Alltagsleben streng getrennt ist. Der Staatsbürger lernt dann glauben, dass Gefühle keinerlei Beziehungen zur Wirklichkeit haben. Man betone bei jeder Gelegenheit die Gefühlsfreiheit der Wissenschaft, der Politik, der Geschäftswelt, des Konkurrenzkampfes, kurz, des Lebens schlechthin. Man fördere andererseits die Gefühlsentleerung ursprünglich gefühlsbetonter Gebiete, wie Ehe, Pädagogik, Architektur, Sport und Spiel. Mit der Zeit werden Konzertbesucher in den Konzerten ihren Gefühlen freien Raum lassen, sie aber nicht in den Alltag hinübernehmen. Bei Gewohnheitsmusik und musikalischem Erbe bleiben die Gefühle ohnehin ziemlich dumpf.

Es ist aus diesem Grunde auch angebracht, die Jugend schon früh zum Konzertbesuch zu ermutigen und spontanes Selbstmusizieren zu bremsen. Der erste Schock, der durch einen aufsässigen Beethoven oder Gustav Mahler verursacht werden kann, ist in der Jugend leichter zu verkraften als später. Pedantische Musiklehrer in den Schulen können ein Übriges tun, vielen jungen Menschen das allzu starke Interesse an der Musik auszutreiben. Einige wenige Jugendliche, die den ersten Musikschock nicht verkraften, ergreifen später den Musiker- oder Komponistenberuf und sind nicht mehr zu fürchten. Konzerte dienen also u. a. auch dazu, im Konzertbesucher einen möglichst widerstandsfähigen Unterboden von musikalischem Erbe und Gewohnheitsmusik anzulegen und ihn auf diese Weise in seiner Staatstreue zu festigen.

Abschließend möchte ich erwähnen, dass es möglicherweise befremdend wirkt, wenn ein Kulturpolitiker wie ich so sachlich und nüchtern über Kunst spricht. Dem möchte ich entgegenhalten, dass ich, wie jeder normale Staatsbürger, gerne Konzerte besuche und mich dort, total unbefangen von Gedanken der Art, wie ich sie hier niedergelegt habe, dem Genuss schöner Musik hingebe. Ich schätze auch gute Literatur und bin ein geradezu fanatischer Kunstsammler und -liebhaber. Ich wäre aber den von mir eingegangenen Verpflichtungen untreu, würde ich nicht streng unterscheiden zwischen meinem Berufsethos – und das heißt für mich: Staatstreue – und meinem Privatleben. Ich habe es mir zur Aufgabe gemacht, unserem Staat und unserem Volk zu dienen, und zu diesem Zweck muss ich meinen Pflichtbereich sachlich analysieren und durchleuchten. Es gehört zu meinen Aufgaben, jedwede Kunst, die unserem Staat abträglich ist, zu verhindern, und jedwede Kunst, die unserem Staat zuträglich ist, zu fördern. Denn die Bürger sollen nicht über Kunst nachdenken müssen. Das ist die Pflicht der Politiker, ebenso wie es die Pflicht der Politiker ist, über Wirtschaft, Industrie, Handel und Wissenschaft nachzudenken und dementsprechende Maßnahmen zu ergreifen, wobei natürlich die Zusammenarbeit mit Wirtschaftsfachleuten, Industriellen und Wissenschaftlern ebenso unabdingbar ist, wie meine Zusammenarbeit mit Kunstschaffenden. In diesem Sinne glaube ich fest, dass unser Volk die Kunst hat, die es verdient, und dass unsere Konzerte ein leuchtendes Beispiel dafür sind.

NACHWORT

«Na also», rief der dicke Außenminister fröhlich, «das Konzert ist zu Ende, und Sie sind immer noch da. Beim Weltuntergang wird es genau so sein. Auch der wird vorübergehen, und wir werden immer noch da sein.»

«Wenn niemand auf mich hört –», sagte ich.

«Pure Gewohnheit», erklärte der Außenminister. «Ich habe einen Bruder, der ist Chirurg. Der war früher immer tagelang deprimiert über die abgehackten Gliedmaßen, die zuckenden Herzen und die verkrebsten Lebern, aber in den letzten Jahren ist er ganz vergnügt. Er hat sich daran gewöhnt. Und ich musste mich an die Statistiken gewöhnen: Jedes Jahr sterben fünfzig Millionen Menschen an Hunger, darunter zehn Millionen Kinder, und wenn zehn ölbeladene Tanker gleichzeitig sinken, sind in wenigen Wochen die Meere so verseucht, dass alles irdische Leben zum Stillstand kommen muss, denn ohne Meere gibt es kein Leben auf der Erde, und die Hälfte aller Wissenschaftler auf der Welt arbeitet für die Rüstungsindustrie. Aber ich habe mich daran gewöhnt. Und Sie werden sich an Konzerte gewöhnen.»

«Ich glaube nicht», murmelte ich, «Sie haben sich an Zahlen gewöhnt, aber Konzerte finden vor meinen Augen statt.»

«Konzerte sind unvergänglich», behauptete der dicke Außenminister. «Das kann man von unserer Erde nicht sagen.»

«Muss man als Politiker auch Zyniker sein?», fragte ich.

«Als Politiker nicht», lachte er, «aber als Außenminister. Das erinnert mich an die Frau Stadträtin. Stellen Sie sich vor, das Konzert hat sie tieferschüttert und jetzt sind wir zum Essen verabredet. Und Sie sagen ‹Heute leider Konzert›! Trösten Sie sich, lieber Freund, als Künstler muss man sich zwar an die Dummheit der Menschen gewöhnen, aber als Außenminister muss man sich an ihre Klugheit gewöhnen, das ist viel schwerer.»

«Wer gewöhnt sich an die Grausamkeit?», fragte ich.

«Ich gebe zu, dass es Dinge gibt, an die man sich nicht gewöhnen kann», sagte der Außenminister versöhnlich. «Ich werde mich zum Beispiel nie an Schlagermusik gewöhnen oder an Sauerkraut oder – im positiven Sinn – an Venedig. Aber Sie sollen nicht glauben, dass ich nicht versuche, die Welt zum Guten zu verändern, natürlich tue ich das. Ich tue es, eben weil ich Zyniker bin. Und Sie tun es auch und viele andere auch, aber die Welt ändert sich nicht oder kaum. Sie lacht uns aus. Und wenn Sie ein Buch über Konzerte schreiben, dann werden es ernsthafte Leute lesen und werden nicken und werden das Buch aus der Hand legen und ins nächste Konzert gehen. Und mit der Zeit wird das Buch alt, und der Autor wird alt, und die Konzertbesucher werden alt, aber es wird immer neue Konzerte geben und neue Grausamkeiten und neue Proteste und immer neue Stille. Sehen Sie, an die Stille glaube ich. Um Gottes Willen, die Frau Stadträtin wartet, und ich rede hier auf Sie ein, ohne dass es etwas nützt. Aber wissen Sie, an ein paar Dinge sollten auch Sie glauben. Sie können sich ja aussuchen, woran Sie glauben wollen, es muss nicht unbedingt ein Konzert sein. Wie gesagt, ich persönlich glaube an die Stille. Und ich glaube an die Musik. Musik wird es immer geben. Auch wenn alles andere vergangen ist, Musik wird bleiben. Und ich glaube an die Feiglinge auf dieser Erde. Und, nicht zu vergessen, an die Hoffnungslosigkeit.»

II.

Mutter kocht Vater

VORWORT

Die Aufsehen erregende Karriere des Künstlers Georg Kreisler hat sich eigentlich völlig im Stillen vollzogen. Seine diversen Perioden, insgesamt neunundzwanzig, wurden von der breiten Masse kaum gewürdigt. Am 27. Februar 1937 erschien beispielsweise eine schlichte Zeitungsnotiz: «Der Künstler Georg Kreisler gibt hiermit bekannt, dass er ab morgen von der kubistischen zur neoveristischen Periode wechselt.» Doch ging diese Notiz, sowie kurz darauf die ganze Zeitung, in den politischen Wirren jener Tage unter. Erst jetzt, da Frieden in die Welt eingezogen ist, können wir Kreislers Werk in seiner ganzen Größe zu würdigen und zu verstehen beginnen. Wie doch der Mensch immer vom Zufall abhängig ist!

Wer und was ist Georg Kreisler? Er selbst hat einmal von sich gesagt: «Ich bin Georg Kreisler», doch verlor sich dieser Satz im Gewirr einer lärmenden Faschingsgesellschaft des Jahres 1954. Dennoch, in diesen vier Worten des Meisters liegt bereits der ganze Sinn seines Lebens und Schaffens. Wir können diesen Ausspruch Kreislers weder bestreiten, noch können wir ihm viel hinzufügen. Kreisler ist vor allem einmal Mensch. Doch ist er außerdem eines jener seltenen Wesen, die nur alle paar Jahrtausende geboren werden und die dazu ausersehen scheinen, ihren Mitmenschen neue Pfade zu weisen, missverstanden zu werden, dann dennoch an ihren Ideen festzuhalten, bis auch die große Welt sie akzeptiert und so weiter.

Geboren im Jahre 1855 in Stümpp am See, durchlebt Kreisler bereits mit vier Jahren seine erste Sturm-und-Drang-Periode. Er beschäftigt sich mit Michelangelo, da Vinci, Rembrandt, Tizian und Tintoretto und lehnt sie alle ab. Mit sechs Jahren bekennt er sich zu Frans Hals, nur um dieses Bekenntnis zwei Monate später zu widerrufen. Mit acht Jahren beginnt er zu malen. Ein Jahr später tritt ein berühmter deutscher Kunstverlag an ihn heran, mit der Bitte, sein Gesamtwerk veröffentlichen zu dürfen. Kreisler lehnt ab. «Mein Gesamtwerk ist noch nicht vollendet», schreibt er an den Verlag, «viel bleibt noch zu tun. Und wenn ich es nicht tue, wer denn?» Der berühmte deutsche Kunstverlag sieht das ein und wartet.

Überspringen wir nun siebenunddreißig Jahre! Es ist die Jahrhundertwende. Kreisler ist fünfundvierzig Jahre alt. In der ganzen Welt herrscht große Aufregung. Was wird das zwanzigste Jahrhundert wohl bringen, fragt man sich in allen fünf Erdteilen. Nur Kreisler sitzt still in seinem Atelier und malt. Auf die Frage eines Journalisten, was er für das zwanzigste Jahrhundert prophezeie, antwortet er schlicht: «Nichts.» Der Journalist, zu Tränen gerührt, begeht bald darauf Selbstmord. Es ist der erst sechsundzwanzigjährige Peter Schlunk. Ein Schauspieler des Kaiserlichen Hoftheaters geht vorüber. Gebannt bleibt er vor der Leinwand des Künstlers stehen.

Fünf Jahre später stirbt Kreislers Onkel in Amerika und macht ihn zu seinem Universalerben. Nun kann Kreisler malen, ohne auf seinen Posten in einem bekannten Warenhaus angewiesen zu sein. Er stürzt sich in die Arbeit. In seiner einfachen Zwölf-Zimmer-Villa an der Riviera arbeitet er Tag und Nacht. Schon beginnen die Nachbarn zu munkeln, da veranstaltet die Galerie de Sudel seine erste Ausstellung und besiegelt damit seinen Weltruhm. Aus Amerika, aus Australien, aus Linz, von überall strömen Kunstjünger an die Riviera zur Galerie de Sudel. Ein berühmter deutscher Kunstverlag tritt an Kreisler heran, mit der Bitte, sein Gesamtwerk veröffentlichen zu dürfen. Doch schroff lehnt Kreisler ab. Er schreibt an den Verlag: «Mein Gesamtwerk ist noch nicht vollendet. Viel bleibt noch zu tun. Und wenn ich es nicht tue, wer denn?» Der berühmte deutsche Kunstverlag sieht das ein und wartet. Doch ein Raunen hebt an in der Welt: Wer ist dieser Kreisler?

Kreisler selbst hat diese Frage nie genau beantwortet. Da bricht der Erste Weltkrieg aus, und Kreisler heiratet seine Haushälterin Ernestine von Kitz. Er ahnt in jenen Tagen noch nicht, dass einundzwanzig Jahre nach Beendigung des Ersten Weltkrieges der Zweite Weltkrieg ausbrechen wird. Unbeirrt malt er weiter, trotz des Krieges, trotz seiner Ehe. Mit jedem einzelnen seiner Gemälde betritt er Neuland. Dazu sind unzählige Skizzen, Studien und Forschungsreisen nötig. Seine treue Gattin begleitet ihn auf allen Wegen, bis ein heimtückisches Fieber sie hinwegrafft. Unerschütterlich malt Kreisler weiter. Der chinesisch-japanische Krieg bricht aus. Kreisler kümmert sich nicht darum. Er hat eine Mission zu erfüllen, und nichts kann ihn davon abhalten. Im Jahre 1932 – Kreisler ist bereits siebenundachtzig Jahre alt – tritt ein berühmter deutscher Kunstverlag an ihn heran, mit der Bitte, sein Gesamtwerk veröffentlichen zu dürfen. Brüsk lehnt Kreisler ab. «Mein Gesamtwerk ist noch nicht vollendet», schreibt er an den Verlag, «viel bleibt noch zu tun, und wenn ich es nicht tue, no?» Der berühmte deutsche Kunstverlag sieht das ein und wartet. Ein belgischer Soldat erblickt den Meister bei der Arbeit und schwört, in ein Kloster zu gehen. Später verbrennt Kreisler das Bild. Der Bourbonenfürst Gaetan sieht das Werk «Blümchen im Wintersturm» und erschauert.

Im Jahre 1939 meldet sich ein schüchternes neunzehnjähriges Mädchen bei Kreisler. Da bricht der Zweite Weltkrieg aus, und Kreisler muss das Mädchen heiraten. Viele seiner größten Werke entstehen nach dem Kriege. Und langsam, ganz langsam, schließt sich der Kreis, den der Meister begonnen hat. Im Jahre 1961 legt der hundertsechsjährige Greis still den Pinsel aus der Hand. «Ich bin fertig», sagt er schlicht. Seine Frau jubelt auf. Endlich hat sie den Geliebten für sich allein. Die Nachmittagssonne strömt durch's Fenster. Die Kirchenglocken läuten. Der Frühling zieht ins Land.

Abschließend sei mir noch gestattet, zu vermerken, dass es durchaus nicht jedem gegeben sein kann, die ungeheure Bedeutung zu erkennen, die jedem Strich Kreislers zukommt. Viele mögen sich des Einflusses, den er auf Generationen von Künstlern ausübte und noch ausübt, nicht bewusst werden. Die Einmaligkeit seines Gesamtwerkes ist so überwältigend, dass überhaupt nur Menschen von außergewöhnlicher Tiefe imstande sein dürften, eines seiner Bilder zu verkraften. Vor allem sei auf die Notwendigkeit eines gründlichen Studiums jedes Bildes hingewiesen. Bei einem Besuch des Louvre oder der National Gallery mag es genügen, jedes dort ausgestellte Werk nur oberflächlich zu betrachten, Kreisler hingegen hat schließlich an jedem seiner Gemälde jahrelang gearbeitet, also ist es nur recht und billig zu verlangen, dass man jedes seiner Gemälde auch jahrelang anblickt.

Vielleicht ist der heutige Mensch dessen unfähig. Mag sein, dass Kontemplation nicht in unsere schnelllebige Zeit passt. Es ist daher auch möglich, dass Kreislers Gesamtwerk nicht den reißenden Absatz findet, der ihm eigentlich zusteht. Der berühmte deutsche Kunstverlag sieht das ein und wartet.

Hoffmann von Ocker

VORWORT DES KÜNSTLERS SELBST

Dieses Buch enthält mein Lebenswerk. Der Betrachter mag kopfschüttelnd erstaunt sein, ob des geringen Umfangs meines gesamten Werkes, aber wie sagt Mozart? «Kunst heißt wegstreichen».[1] Und so habe auch ich viele Bilder, deren Niveau mir nicht befriedigend erschien, einfach weggestrichen, das heißt in meinem Fall: verbrannt. Oft hatte ich jahrelang an einem jener (nun glosenden) Bilder gearbeitet, ohne mich zu einem einzigen Strich entschließen zu können. Dann wieder malte ich wie ein Besessener, nächtelang, von den Tagen ganz zu schweigen, um schließlich doch sagen zu müssen: «Nein! Dieses Bild ist nicht gut. Ich werde es verbrennen.»

Glücklicherweise musste ich nicht alle verbrennen und diejenigen, die mir gelangen, sind der Nachwelt erhalten geblieben, und nun kann ich vor jedem einzelnen stehen und stolz ausrufen: «Seht her, das habe ich vollbracht!»

Von diesem Standpunkt aus betrachtet, ist also mein Lebenswerk gar nicht gering. Im Gegenteil, gar manch namhafter Künstler, zum Beispiel Picasso, war fassungslos, als er sah, wie viele Bilder meine Unterschrift trugen.[2] Ich bin auch überzeugt, dass jeder gebildete Betrachter meiner Werke erkennen wird, wie viel Fürsorge, Schweiß und Arbeit in ihnen enthalten ist. Er wird ehrfürchtig seine Augen von einem Detail zum nächsten gleiten lassen, wieder

---

1 Nicht der in Österreich bekannte Komponist Wolfgang Amadeus Mozart, sondern Gabriel Mozart, seines Zeichens einfacher Uhrmacher in Waggel am Hicksbach. Seine treffenden lebensphilosophischen Aussprüche werden noch heute, vier Jahre nach seinem Tode, häufig zitiert, vor allem in Waggel. Er inspirierte mich u. a. zu meinem Bild «Falsch gehende Uhr».

2 Nicht Pablo Picasso, sondern Theodor Picasso, seines Zeichens Hungerkünstler. Die Unterschriften selbst sind in diesem Buche weggeblieben, denn alle Bilder sind sowieso von mir und in der Kürze liegt die Würze. Besonders eifrige Kunstjünger mögen die Originale besichtigen oder sich meine Unterschrift einfach hinzudenken.

zurück, wieder hin, wieder zurück und so weiter und schließlich kopfschüttelnd ausrufen: «Ach!»

Nähere Erläuterungen jedes einzelnen Bildes sind an und für sich nicht nötig, denn Kunst spricht für sich selbst. Wer von den Kunstwerken an sich nicht beeindruckt ist, dem ist nicht zu helfen. Dennoch riet mir der von mir hochverehrte Maler Matisse, die Bilder mit kleinen hilfreichen Winken zu versehen, da sie sonst in ihrer Schlichtheit leicht missverstanden werden könnten.[3] Dem vorzubeugen, ist selbstverständlich meine Pflicht, der ich mich daher auch zwar kopfschüttelnd, aber mit Freuden beuge. Auch so mancher Student mag mir in späteren Jahren dankbar sein, wenn er sich mit Sinn und Geschichte eines meiner Œuvres nicht länger befassen muss als unbedingt nötig, und wenn ihm meine Erläuterungen der Bilder Hilfe und Inspiration sind.

Selbstverständlich erheben aber meine Erläuterungen keinerlei Anspruch auf Vollständigkeit, denn mit manchen Porträts plackte ich mich weidlich und jahrelang und kann daher kaum alle meine Gedanken, meine Vorarbeiten, Studien und Skizzen sowie meine kopfschüttelnden und schlaflosen Nächte in wenige Worte fassen. Nichtsdestoweniger ist es die Pflicht aller großen Künstler, also auch die meine, unsere in langen Jahren gereiften Erfahrungen, unsere Kämpfe gegen eine unverständige Öffentlichkeit und unsere Fehden mit Kunstkritikern dem Nachwuchs zugänglich zu machen, auf dass er durch das Studium der Werke, die wir schufen, zur Erkenntnis gelange, wie dornenreich der Pfad ist, der ihm vorschwebt, und andererseits wie herrlich das goldene Ziel am Ende dieses Pfades leuchtet.

So flattere denn hinaus, o du mein Lebenswerk! Können auch die hierin enthaltenen Reproduktionen nicht den

3 Günther Matisse, (geb. 1765, gest. 1938) eigentlich Zimmermaler und Tapezierer, wäre er aber für sein Leben gern Bildermaler gewesen. Er inspirierte mich u. a. zu meinem Bild «Punkt».

großen schöpferischen Geist und den tiefgefühlten Gestaltungstrieb, der diese Werke beflügelte, wiedergeben, so mögen sie doch im Herzen jener, die dem wahren Sinn unseres Daseins noch nicht entfremdet und durch die Technik der modernen Zeithast noch nicht vergiftet sind, ein kleines Feuer entzünden, das späteren Generationen den Weg weisen möge zum selbstlosen Ich, zur opferfreudigen Hingabe an unsere Mitmenschen und zur Tugend.

Der Künstler selbst

DAS GESAMTWERK

Eines meiner Lieblingsbilder. Es stammt aus dem Jahre 1942, als die ganze Welt «vom Sturme zerknickt» schien. Dass ich ein schlichtes Blümlein wählte, anstatt beispielsweise ein Schlachtfeld, mag als richtungsweisend gelten. Die Originalgröße dieses Bildes ist 4 m x 2 m. Es hängt derzeit im Internationalen Museum in Belgrad. Lithografien sind leider nicht erhältlich.

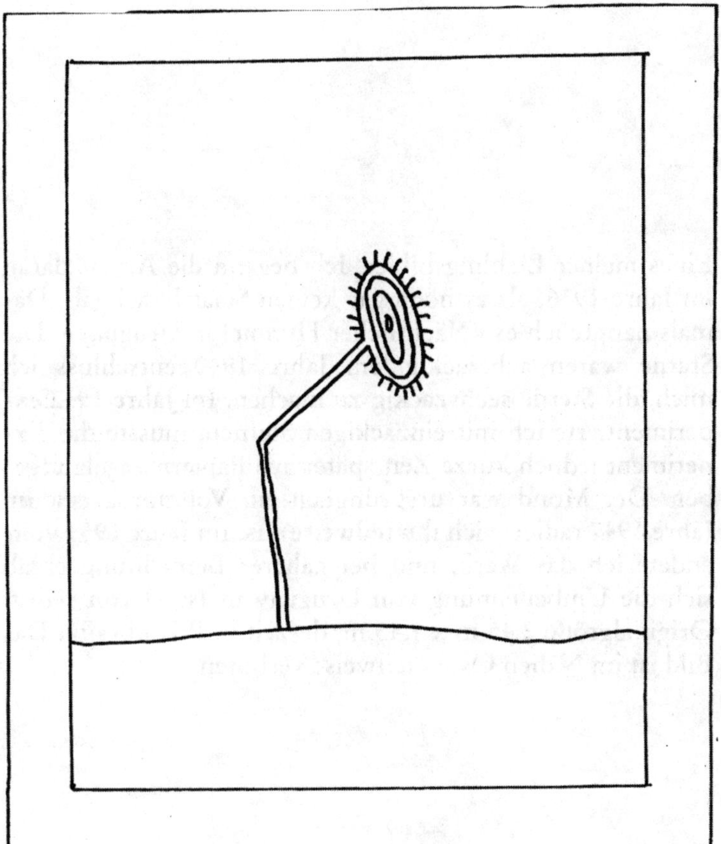

Vom Sturme zerknickt

Eines meiner Lieblingsbilder. Ich begann die Arbeit daran im Jahre 1936, als es noch gar keinen Staat Israel gab. Damals nannte ich es «Nächtlicher Himmel in Uruguay». Die Sterne waren achtzackig. Im Jahre 1940 entschloss ich mich, die Sterne sechszackig zu machen. Im Jahre 1942 experimentierte ich mit einzackigen Sternen, musste das Experiment jedoch kurze Zeit später aus Papiermangel aufgeben. Der Mond war ursprünglich ein Vollmond, erst im Jahre 1947 radierte ich ihn teilweise aus. Im Jahre 1953 vollendete ich das Werk, und bei näherer Betrachtung ergab sich die Umbenennung von Uruguay in Israel von selbst. Originalgröße 2,45 m x 1,45 m, derzeit in Privatbesitz. Das Bild ist im Nahen Osten teilweise verboten.

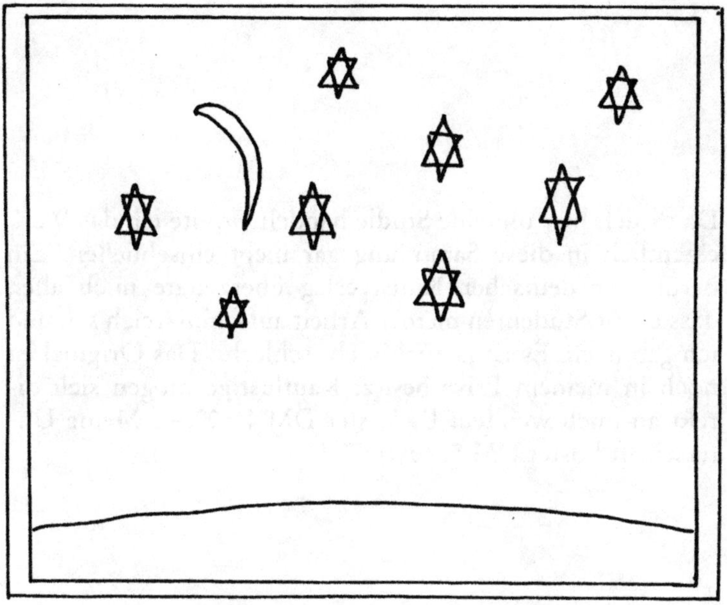

Nächtlicher Himmel in Israel

Da es sich hier um eine Studie handelt, wollte ich das Werk eigentlich in diese Sammlung gar nicht einschließen. Ein berühmter deutscher Kunstverlag überzeugte mich aber, dass es für Studenten meiner Arbeit aufschlussreich sei, und ich gab nach. Es ist ja auch nicht schlecht. Das Original ist noch in meinem Privatbesitz. Kauflustige mögen sich direkt an mich wenden. Es kostet DM 1.500,—. Meine Unterschrift kostet DM 5,– extra.

Mann (Studie)

Dieses Bild vollendete ich in der unglaublich kurzen Zeit von drei Monaten. Der Titel machte mir allerdings einige Sorgen. Ich erfand ihn in einer schlaflosen Nacht. Der Kunstjünger wird bei genauem Hinsehen keinerlei Milch im dargestellten Tannenwald entdecken können. Sachverständige aller Nationen haben sich bemüht und es ist ihnen nicht gelungen. Ja, von Zeit zu Zeit frappiert ein Kunstwerk die ganze Welt. Originalgröße 80 cm x 60 cm, derzeit im Museum für angewandte Molkerei, London.

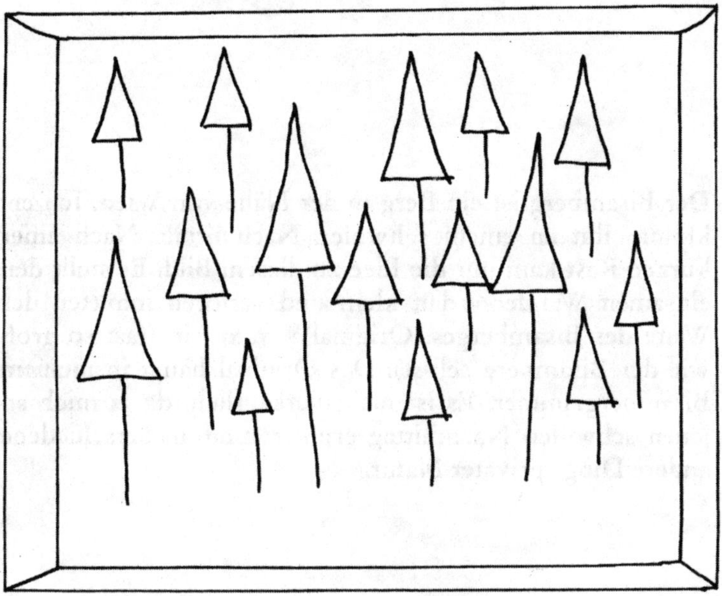

Milchknappheit im Tannenwald

Der Bisamberg ist ein Berg in der Nähe von Wien. Ich erklomm ihn an einem schwülen Nachmittag. Nach einer kurzen Rast kam mir die Idee zu diesem Bild. Es stellt den einsamen Wanderer dar, klein und verloren inmitten der Weite des Bisamberges. Original 9 m x 7 m (fast so groß wie der Bisamberg selbst). Das Original hängt in meinem Bisambergzimmer. Es ist nicht verkäuflich, da es mich an jenen schwülen Nachmittag erinnert und an verschiedene andere Dinge privater Natur.

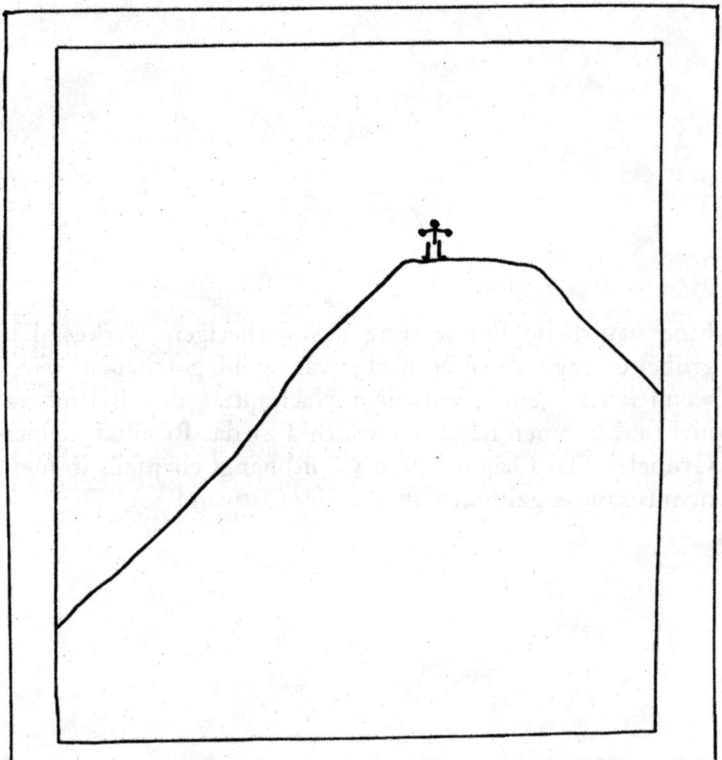

Am Bisamberg

Eine natürliche Fortsetzung des vorherigen Werkes. Ich grübelte lange darüber nach, was wohl geschehen wäre, wenn ich an jenem schwülen Nachmittag den Bisamberg nicht erklommen hätte. Dieses Bild ist das Resultat meiner Grübelei. Das Original (9 m x 7 m) hängt ebenfalls in meinem Bisambergzimmer, aber an der Ostwand.

Nicht am Bisamberg oder Nacht am Bisamberg

Bei diesem Bilde legte ich größten Wert auf Werktreue. Mit dem Rauchen beschäftigte ich mich schon seit meiner frühesten Jugend und als ich dieses Bild plante, erhöhte ich für Studienzwecke die Anzahl meines täglichen Zigarettenkonsums von 20 auf 180. Durch genaue Beobachtung meines Organismus stellte ich fest, dass mein Herz wesentlich schneller schlug, dass meine Beine des Morgens schmerzten und dass ich stark hustete. Hiernach stellte ich das Rauchen vollkommen ein, musste aber nach jahrelangem Studium feststellen, dass mein Herz noch immer ziemlich schnell schlug, dass der Schmerz in meinen Beinen nicht nachließ und dass auch mein Husten nicht wesentlich besser wurde. Daraus schloss ich, dass der Unterschied zwischen Raucher und Nichtraucher nur geringfügig sein könne, und malte das Bild in diesem Sinne fertig. Möge es starken Nichtrauchern als Warnung dienen! Original 75 cm x 75 cm im Besitz der Indersdorfer Tabakfabrik.

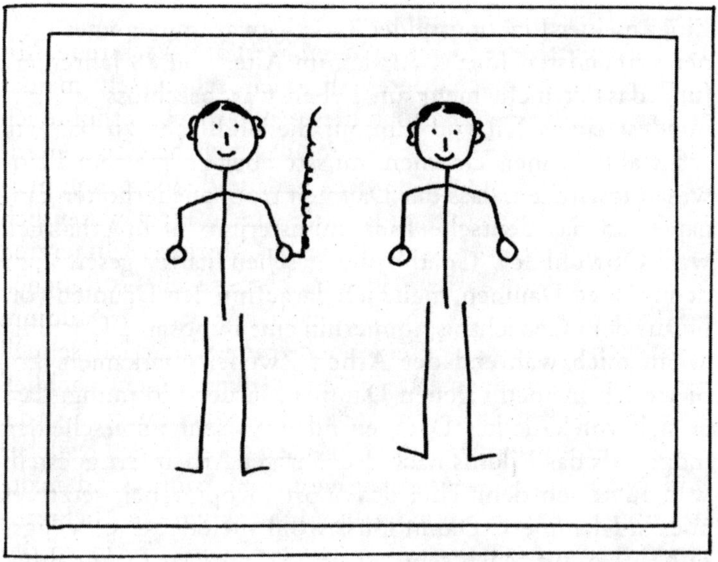

Raucher und Nichtraucher

Eines meiner Lieblingsbilder. Goethe war immer eines meiner glühendsten Ideale. Als ich im Alter von 28 Jahren erfuhr, dass er nicht mehr am Leben war, beschloss ich, zumindest einen Teil von ihm auf die Bildfläche zu bannen. Ich wählte seinen Daumen, musste aber zu meinem Leidwesen feststellen, dass der Daumen trotz wiederholter Eingaben an das deutsche Innenministerium nicht erhältlich war. Obwohl ich Goethe nie gesehen hatte, geschweige denn seinen Daumen, malte ich daraufhin den Daumen völlig aus dem Gedächtnis, immerhin eine imposante Leistung. Wenn mich während der Arbeit Zweifel überkamen, kopierte ich meinen eigenen Daumen, in der Hoffnung, dass er sich von Goethes Daumen nicht zu sehr unterscheiden möge. Als das Bildnis nach dreijähriger Arbeit fertiggestellt war, fügte ich dem Titel das Wort «Kopie» bei, setzte es aber in Klammern. Damit muss wohl auch der eigenwilligste Kritiker zufrieden sein. 80 cm x 3 cm. Das Original befindet sich im Goethe Museum zu Jacksonville, Mississippi.

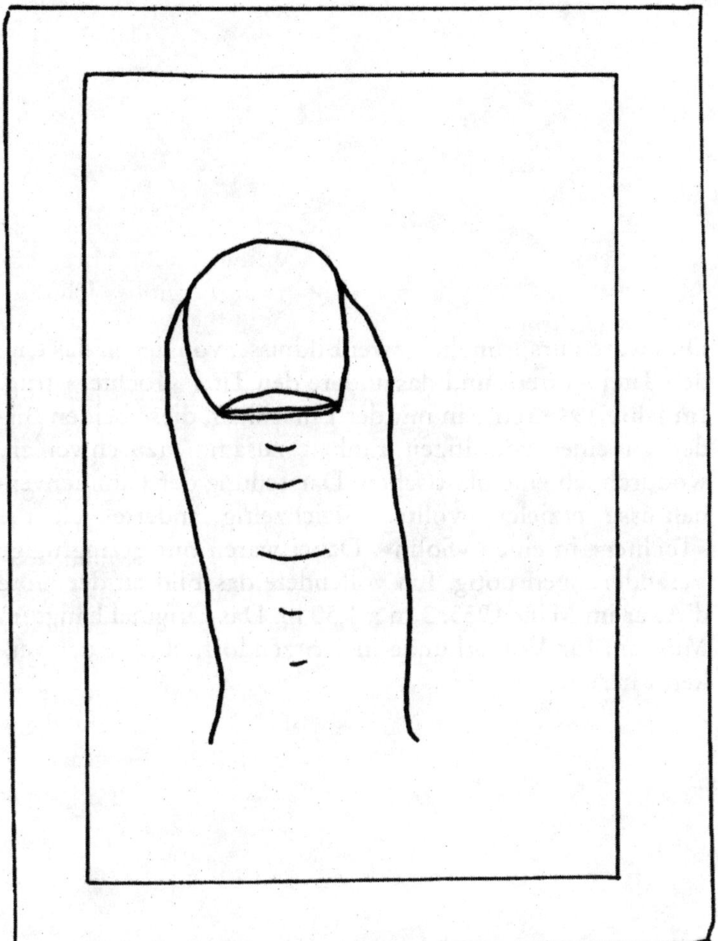

Goethes Daumen (Kopie)

Dies waren ursprünglich zwei Bildnisse, von denen das eine den Titel «Vater» und das andere den Titel «Tochter» trug. Im Jahre 1949 reifte in mir der Entschluss, diese beiden Bilder zu einer gewaltigen Einheit zusammenzuschweißen, wodurch ich eine plastischere Darstellung der Familienverhältnisse erzielen wollte. Gleichzeitig änderte ich die «Tochter» in einen «Sohn». Dabei waren nur geringfügige Veränderungen nötig. Ich vollendete das Bild an der Côte d'Azur im März 1953. 3 m x 1,50 m. Das Original hängt im Museum für Völkerkunde in Kritzendorf, aber leider verkehrt herum.

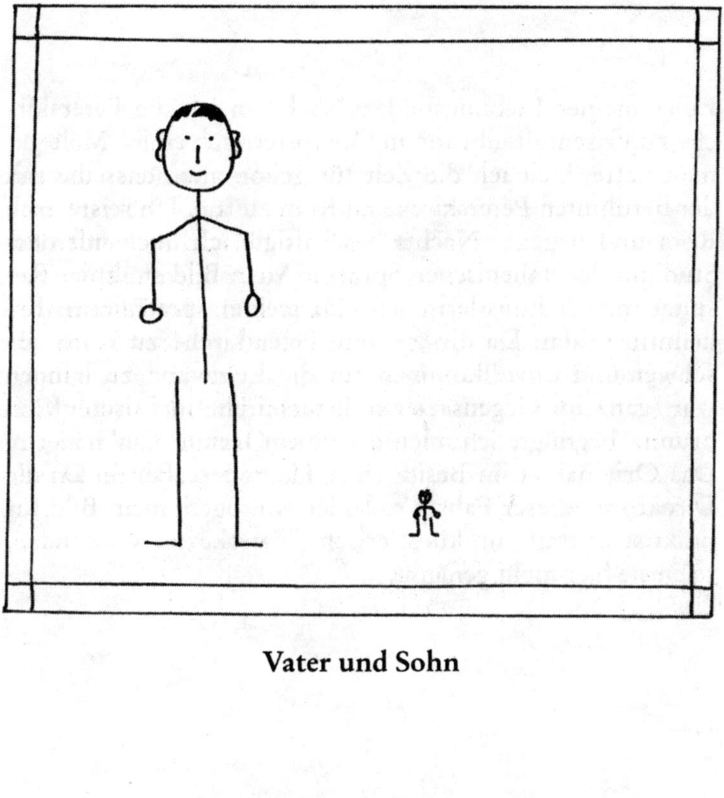

Vater und Sohn

Eines meiner Lieblingsbilder. Nachdem ich die Peterskirche zu Frischluftenbrunn in Oberösterreich einige Male gemalt hatte, hielt ich die Zeit für gekommen, dasselbe mit der berühmten Peterskirche zu Rom zu tun. Ich reiste nach Rom und begann. Nachts beschäftigte ich mich mit dem Studium der italienischen Sprache. Mein Bild stellt das Resultat meiner künstlerischen und meiner sprachlichen Erkenntnisse dar. Da die gesamte Peterskirche zu Rom nur schwer und unvollkommen auf die Leinwand zu bannen war (ganz im Gegensatz zur Peterskirche in Frischluftenbrunn), begnügte ich mich mit einem Detail. 1 m x 50 cm. Das Original ist im Besitz einer Haarwasserfabrik. Da die Direktoren dieser Fabrik es leider vorzogen, mein Bild für praktische statt für künstlerische Zwecke zu verwenden, seien sie hier nicht genannt.

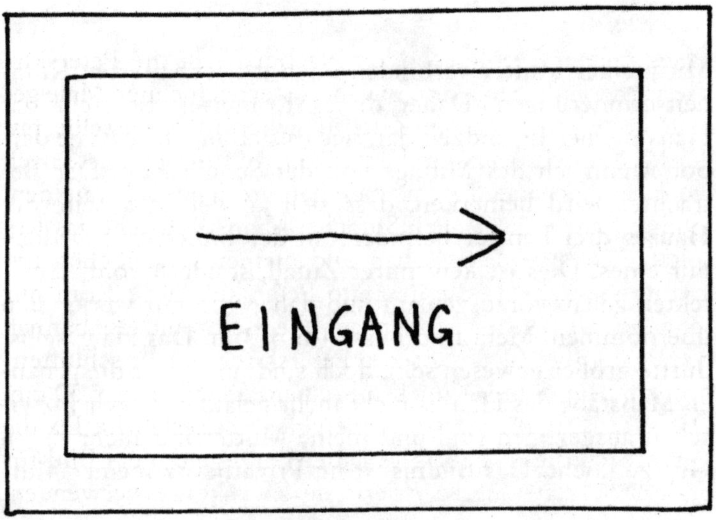

Eingang zur Peterskirche in Rom (übersetzt)

Mit meiner Mutter verbinden mich die lebhaftesten Kindheitserinnerungen. Daher dieses Konterfei. Es stellt das Haus meiner Jugendzeit dar, wie es sich meinem Auge darbot, wenn ich des Mittags von der Schule kam. Der Betrachter wird bemerken, dass sich an der Frontseite des Hauses drei Fenster befinden, an der linken Seite jedoch nur eines. Dies ist kein purer Zufall, sondern vom Architekten genau vorausgeplant und daher von mir werkgetreu übernommen. Mein Bild misst 4 m x 3 m. Das Haus selbst dürfte größer gewesen sein, doch sind mir leider die genauen Maßstäbe des Hauses nicht mehr geläufig, da wir inzwischen ausgezogen sind und meine Mutter nur mehr selten Grütze kocht. Das Bildnis ist im Privatbesitz meiner Mutter.

Mutter kocht Grütze

Ähnlich wie «Vater und Sohn» bestand auch dieses Porträt ursprünglich aus zwei verschiedenen Porträts, die ich im Jahre 1950 zu einem großen Ganzen zusammenschweißte. Die beiden ursprünglichen Bilder hießen «Moses» und «Professor Sigmund Freud». Nach eingehendem Studium der Materie und unzähligen Werkskizzen verfiel ich auf Tristan und Isolde, die ja schon für Wagner eine Inspiration waren.* Ich nahm einige geringfügige Änderungen vor und das Bildnis von Tristan und Isolde war fertig. Manchmal geht es mir ganz leicht von der Hand, aber nicht immer. 95 cm x 45 cm. Das Original hängt im Anatomischen Museum zu Timelkam.

* Hierbei handelt es sich nicht um die komische Oper von Richard Wagner, sondern um Beardsley Wagner, einen amerikanischen Neger. Diese Neger und seine Frau Marilyn nahmen sich Tristan und Isolde zum Vorbild und zur Inspiration. Als sie kurz danach ihre eigene Hautfarbe entdeckten, begingen sie Selbstmord.

Tristan und Isolde

Obwohl ich selbst nie ein besonderer Verehrer Van Goghs war, musste ich doch schon in meiner frühesten Jugend anerkennen, dass dieser Maler bei den breiteren Massen großen Anklang fand, und beschloss, ihm zu huldigen, indem ich selbst ein Porträt von ihm verfertigte. Dieses Vorhaben erwies sich als schwerer, als ich ursprünglich gedacht hatte, denn es ist nicht leicht, einem Menschen zu huldigen, von dem man an und für sich nicht viel hält. Dass es mir trotzdem gelungen ist, erfüllt mich mit Stolz. Das Original dieses Porträts misst 95 cm x 75 cm und hing bis vor kurzem im Staatsmuseum zu Vöslau, von wo es allerdings vor einigen Jahren von Van Gogh Fanatikern entwendet und zerstört wurde.

Van Gogh

Eines meiner Lieblingsbilder, zugleich aber auch eines meiner umstrittensten Werke. Inspiriert von Günther Matisse (siehe Vorwort), hat mir dieses Gemälde mehr Mühe gemacht, als der Laie auf den ersten Blick wahrnehmen wird. Es stellt das Streben des einfachen Menschen nach Vollendung und Erfüllung dar. Die weiße Fläche rund um den Punkt ist der Himmel. Im Inneren des Punktes befindet sich das Zentrum, was so viel heißt wie die Hölle. Der Mensch steht außen und es schaudert ihm. Ich habe fast vierzehn Jahre an diesem Bild gearbeitet. Das Original (22 m x 18 m) hängt derzeit im Museum für abstrakten Surrealismus in Kalkutta.

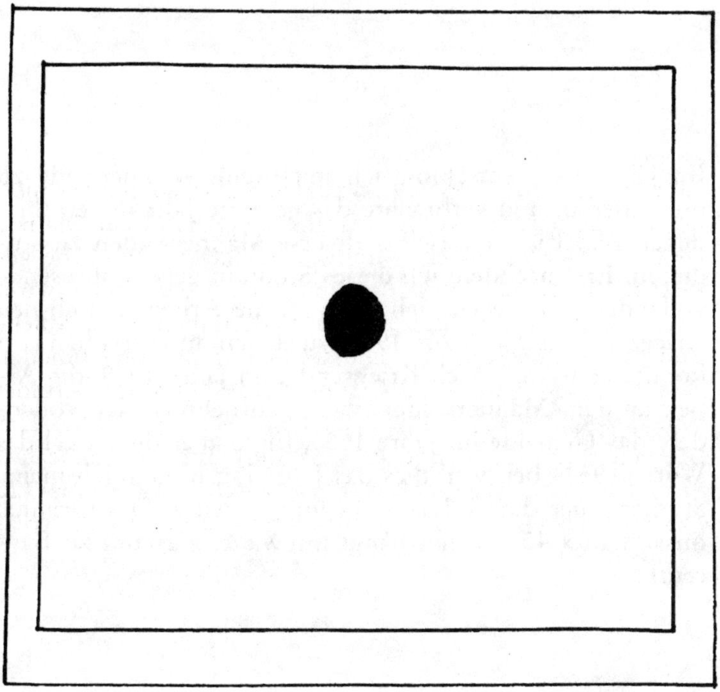

Punkt

Im Jahre 1932 entschloss ich mich, eine Männerwade zu porträtieren, und verbrachte das gesamte Jahr in verschiedenen Bädern, um daselbst diverse Männerwaden zu studieren. Erst nachdem ich dieses Studium gegen Jahresende vollendet hatte, wagte ich mich an die Arbeit. Durch den Kriegsausbruch im Jahre 1939 wurde ich unterbrochen und konnte erst lange nach Kriegsende, im Jahre 1948, die Arbeit an der «Männerwade» wieder aufnehmen. Ich vollendete das Gemälde im Jahre 1953, fügte aber dem Titel das Wort «1932» bei, weil dies das Jahr war, in dem ich meine Studien über dieses Thema begonnen hatte. Das Original misst 4 m x 40 cm und hängt im Wadenmuseum zu Bayreuth.

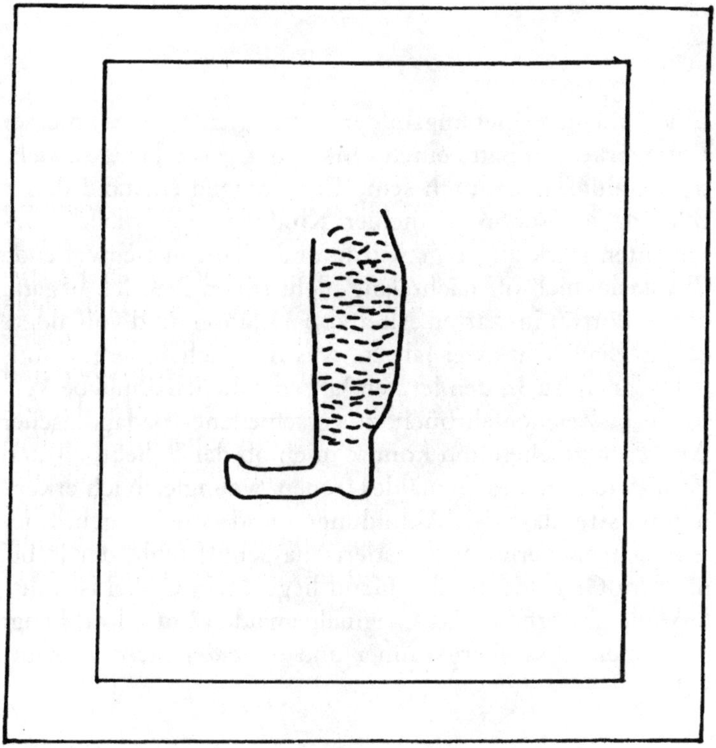

Männerwade, 1932

Eines meiner Lieblingsbilder, wenngleich eines meiner Frühwerke. Ich hatte einen Onkel, der gerne Jagdgeschichten erzählte, und durch seine Erzählungen entstand dieses Bild, da ich schon in meiner Kindheit von solchen Geschichten stark angeregt wurde und meine ausschweifende Phantasie mich oft nächtelang nicht ruhen ließ. Ich begann dieses Porträt im zarten Alter von 33 Jahren und vollendete es innerhalb von zwei Jahren, was für mich außergewöhnlich schnell ist. In den letzten Jahren habe ich ähnliche Versuche in Zeichenlehrbüchern verschiedener pädagogischer Anstalten gesehen und konnte mich ob der Beliebtheit und Popularität meines Gemäldes freuen, wenngleich ich erkennen musste, dass den Abbildungen und Anleitungen in jenen Lehrbüchern der künstlerische Schliff fehlt, der ja bei meinem Gemälde auf der Hand liegt. Mein Onkel ist mittlerweile gestorben. Das Originalgemälde (2 m x 1 m) hängt in meinem Bisambergzimmer und ist leider nicht verkäuflich.

Jagdmotiv

Im Jahre 1951 hatte ich die Gelegenheit, mehrere Monate in der malerischen Stadt Pisa zuzubringen und nahm verschiedene Eindrücke mit nach Hause, die in diesem Bilde festgehalten sind. Pisa ist ein reizendes Städtchen mit Häusern, Bäumen und so weiter und daher jedem jungen Maler zu empfehlen. Den sogenannten «schiefen Turm» sah ich dort auch, aber erstens war er, als ich ihn sah, nicht schief und zweitens schien er mir nicht der Rede wert. Das Original (69 cm x 47 cm) hängt im Museum für Nacktkultur in Sibirien.

Eindrücke aus Pisa

Der dornenreiche Leidensweg der schwarzen Rasse war schon immer einer meiner Lieblingsgedanken und ich entschloss mich im Jahre 1936, diesen Gedanken auf die Bildfläche zu bannen. Leider waren gerade in diesem Jahre keine Neger als Modelle verfügbar und ich musste das Bild aus dem Gedächtnis malen, was mir erst nach Anfertigung von Hunderten von Skizzen gelang. Das Bild hieß ursprünglich «Der unbekannte Neger». Da ich jedoch in Erwägung ziehen musste, dass der dargestellte Neger doch bekannt sein könnte, nannte ich es später «Der bekannte Neger» und schließlich schlicht «Neger». Man sieht, wie viel Arbeit schon allein im Titel steckt. Möge dies allen angehenden Künstlern und solchen, die es werden wollen, als Beispiel dienen. Das Original misst 5 m x 2,80 m und befindet sich im Privatbesitz von Mrs. Jutta Pospischil, einer Negerin.

Neger

Ähnlich wie bei der oberwähnten «Männerwade», stellte ich auch Studien der Frauenwade an. Da es jedoch meinem Gedächtnis entschwunden ist, wann ich diese Studien begann und wie lange ich sie fortsetzte, kann ich das genaue Datum dieser Frauenwade unmöglich festlegen. Es ist durchaus möglich, dass ich Frauenwaden bereits zu studieren begann, bevor ich mit dem Studium der Männerwaden ganz fertig war. Auch ist es möglich, dass mir während des Männerwadenstudiums irrtümlich einige Frauenwaden unterkamen. Dies hat jedoch nur akademische Bedeutung, denn das Bildnis spricht für sich selbst. Das Original (1,80 m x 1,78 m) hängt im kosmetischen Museum zu Tokio.

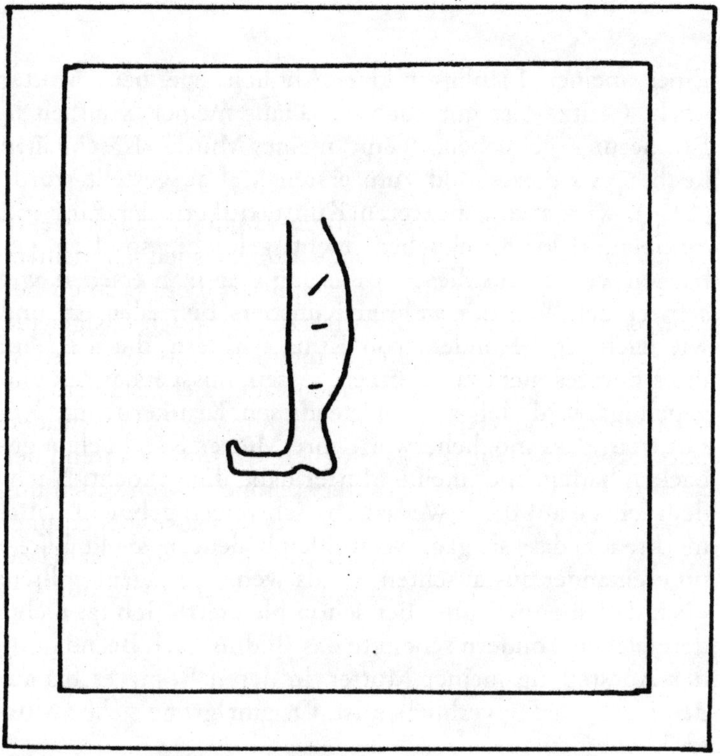

Frauenwade (Datum unbekannt)

Eines meiner Lieblingsbilder. Ähnlich wie bei «Mutter kocht Grütze» ist mir auch das Haus meiner Kindheit in Erinnerung geblieben, wenn meine Mutter Käsekuchen kochte. Als dieses Bild zum ersten Mal ausgestellt wurde (1954), wurde von mehreren Kunstkritikern der Einwand erhoben, dass Käsekuchen nicht gekocht, sondern gebacken werde. Aus dieser Äußerung mag man ersehen, wie schwer der Weg des wahren Künstlers bisweilen ist, und wie leicht er, besonders von Kunstkritikern, die die Ehre ihres Berufes nicht zu schätzen wissen, missverstanden und gepeinigt wird. Ich antwortete diesen Kritikern mit dem Hinweis, dass möglicherweise ihre Mütter Käsekuchen gebacken hätten, aber meine Mutter habe ihn gekocht. Nachdem ich sie auf diese Weise zum Schweigen gebracht hatte, merkte ich, dass sie ganz verstohlen bedeutungsvolle Blicke untereinander austauschten, so als wenn sie sagen wollten: «Na, da haben wir uns aber schön blamiert!» Ich tat nichts dergleichen, sondern schenkte das Bildnis nach Beendigung der Ausstellung meiner Mutter, in deren Besitz es bis auf den heutigen Tag verblieben ist. Originalgröße siehe «Mutter kocht Grütze».

Mutter kocht Käsekuchen

Jeder wahre Künstler muss die Bürde auf sich nehmen, einmal in seinem Leben ein Stillleben zu malen. Dieser Bürde bin auch ich nicht entronnen. Dass mein Stillleben, obwohl ich es unter Druck geschaffen habe, dennoch so plastisch ausgefallen ist, darf ich mir als besonderes Verdienst anrechnen. Stillleben mit Fischen, Blumen, Vasen, Obst etc. findet man heutzutage in jedem Haushalt, obwohl Fische und Obst nicht gerade zusammenpassen. In meinem Stillleben strebte ich das wahre «stille Leben» an und ich kann mit einiger Sicherheit behaupten, dass es mir gelungen ist, dieses treffend zu porträtieren. Das Original (2 m x 80 cm) hängt im Alpenmuseum zu Travemünde.

Stillleben

Eines meiner Lieblingsbilder. Hätte ich in meinem ganzen Leben nur dieses Bild geschaffen, ich hätte das sichere Gefühl, dass ich nicht umsonst gelebt habe. Interessanterweise brauchte gerade dieses Gemälde, das doch in seiner klassischen Einfachheit jeden wahren kunstbeflissenen Menschen unverzüglich ansprechen sollte, sehr lange, bis es sich den hohen Status in der Öffentlichkeit erringen konnte, den es heute allgemein besitzt. Obwohl es am Anfang (1938) heftig angefeindet wurde und sogar einem Säureattentat nicht entging, dessen Spuren ich selbst nur in monatelanger schwerer Restaurierungsarbeit beseitigen konnte, konnte ich mit Genugtuung feststellen, dass es sich allmählich beim Publikum durchsetzte, ja sogar mehrfach kopiert wurde. Es erübrigt sich zu sagen, dass jene Kopien («Siegfried mit Tarnkappe», «Theobald nach seiner Abreise», um nur die bekanntesten zu erwähnen) nie die hohe Qualität und den künstlerisch einwandfreien Strich des «Unsichtbaren Feigenverkäufers» erreichten, was ja kein Wunder ist, wenn man bedenkt, dass ich mit diesem Gemälde über acht Jahre beschäftigt war, während die gesinnungslosen Kopisten nur wenige Wochen in ihre betrügerische Arbeit investierten. Ich fand es selbstverständlich unter meiner Würde, mich mit Plagiatsprozessen abzugeben, besonders da mir so viele Kunstfachleute und auch kunstinteressierte Laien versicherten, dass der Ruhm des «Unsichtbaren Feigenverkäufers» unsterblich sei und allen Anstrengungen zum Trotz doch nie geschmälert werden könne. Heute kann man mein Werk fast klassisch nennen. Das Original desselben (8 m x 7 m) hängt unter Polizeischutz in der Galerie Weiß.

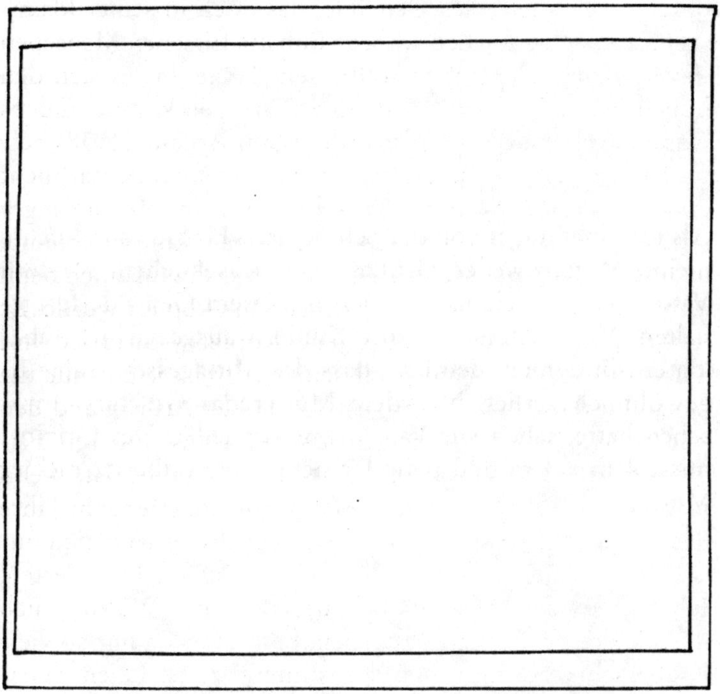

Der unsichtbare Feigenverkäufer

Als ich eines Tages von der Schule nach Hause kam, kochte meine Mutter weder Grütze noch Käsekuchen, sondern Vater. Dieses Ereignis habe ich in diesem Gemälde festgehalten. Vater schmeckte uns Kindern ausgezeichnet, aber ich entsinne mich deutlich, dass das Mittagessen stiller als gewöhnlich verlief. Nachdem Mutter das Geschirr gewaschen hatte, sahen wir Vater niemals wieder. Das Original misst 4 m x 3 m und befindet sich im Privatbesitz meiner Mutter.

Mutter kocht Vater

Im Alter von 22 Jahren besaß ich eine zahme Schildkröte namens Ariadne auf Naxos. Einige Jahre später hatte ich die Idee, diese Schildkröte zu malen. Nach mehreren Versuchen, die ich verbrannte, änderte ich mein ursprüngliches Vorhaben und beschloss, die wirkliche Ariadne auf Naxos zu malen. Die reizende Inselgruppe südöstlich von Griechenland, die See, der Sturm, die Wogen hatten meine Phantasie angeregt. Das Endresultat, klassizistisch und schlicht, darf ich ruhigen Gewissens als eines meiner Lieblingsbilder bezeichnen. Das Original (7 m x 2 m) hängt in der Galeria Geographica in Theben.

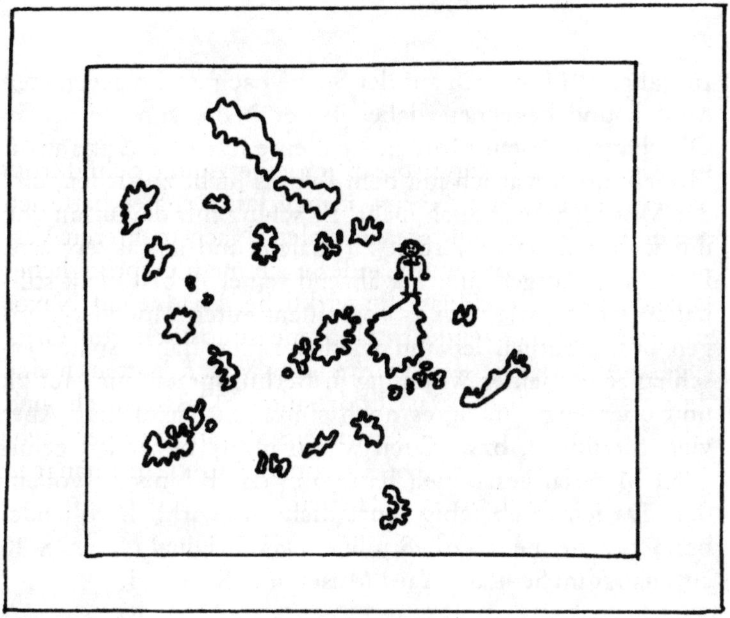

Ariadne auf Naxos

Im Jahre 1948 war ich auf der Suche nach einem geeigneten Modell und begegnete dabei in der Nähe von Sterzen in Oberbayern einem Mörder. Er diente mir eine Zeitlang als Modell, doch war ich mit dem Bildnis nicht zufrieden, und der Mörder war es auch nicht. Er schlug mir daraufhin vor, ihn während seiner Arbeit zu malen, und ich akzeptierte. Da er aber notgedrungen während seiner Arbeit nicht stillhalten wollte, wie man es von einem guten Modell verlangen muss, entließ ich ihn wieder. Einige Jahre später erschien er in meiner Wohnung in Berlin, sprach mir Mut zu und überzeugte mich, es noch einmal zu versuchen. Aber viele Sitzungen, bzw. Taten waren nötig, bevor ich genügend Material gesammelt hatte, um das Bildnis zu vollenden. Da ich es aber bis heute nicht als wirklich vollendet betrachte, nenne ich es «Studie». Das Original (40 cm x 20 cm) hängt im Scotland Yard Museum in Scotland.

Studie eines Mörders während der Tat

Der Mythos des Doppelgängers beschäftigte mich schon in meiner frühesten Kindheit. Zum Manne gereift, beschloss ich, diesem Mythos künstlerisch nachzuforschen, und dieses Gemälde ist das Resultat. Es stellt den klassischen Doppelgänger dar, also die Person, die doppelt geht. Schon bei den alten Griechen können wir darüber nachlesen. Die Füße sind auswärts gerichtet, den Blick starr nach vorne, so schreitet der Doppelgänger durch die Welt. Er begegnet niemandem, er sieht nichts, er hört nicht den süßen Vogelsang, ihm blüht nicht die klare Waldesluft. Das Original hängt im Waldesluftmuseum zu Kairo und misst 23 cm x 16 cm.

Der Doppelgänger

Eines meiner Lieblingsbilder. Bei diesem Bilde haben mir diverse Kunstkritiker, jene Gattung Menschen, die ihren Lebenszweck darin sieht, Künstlern, die im sauren Schweiße ihres Angesichts vor der Staffelei stehen, das Leben schwer zu machen, arg zugesetzt. Was frommt jenen Buben die ungekünstelte Schlichtheit, die nackte Schmucklosigkeit dieses Gemäldes! Sie verstehen es nicht und kritikastern herum, ohne zu bedenken, dass sie dabei die wahren Kunstjünger in ihrem Genuss und ihrer Andacht verletzen. Viele dieser Kritiker behaupteten, dass diese Uhr einmal am Tage richtig ginge. Ein Kritiker verstieg sich sogar zu der Behauptung, dass die Uhr zweimal am Tage richtig ginge. Ich verwies sie auf die Uhr, die mir bei diesem Bilde Modell gestanden hatte, und legte sogar einen Eid ab, dass sie falsch ging. Doch es nützte nichts. Die Kritiker vermeinten, es besser zu wissen als der Künstler selbst. Umso mehr freute es mich, dass das Museum Tempo zu Verona mein Bild für einen stattlichen Preis erwarb. Originalgröße: 1,50 m x 90 cm.

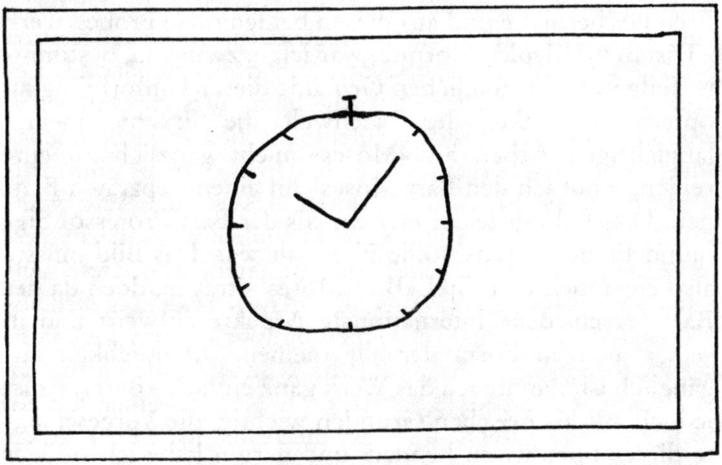

Falsch gehende Uhr

Als ich die Gemälde «Moses» und «Professor Sigmund Freud» übermalte und aus diesen beiden mein großes Werk «Tristan und Isolde» formte, war ich gezwungen, bestimmte Teile der ursprünglichen Gemälde dieser Umformung zu opfern. Um aber der Nachwelt die Früchte meiner langjährigen Arbeit an «Moses» nicht gänzlich zu entreißen, schuf ich den Bart Moses' auf einem separaten Blatt neu. Dies fiel mir leider erst ein, als der Bart Professor Sigmund Freuds bereits völlig übermalt war. Das Bild müsste also eigentlich den Titel «Bart Moses'» tragen, doch da der Bart verschiedene internationale Aspekte aufweist und in seiner jetzigen Form der allgemeinen Öffentlichkeit zugänglich ist, nannte ich das Werk ganz einfach «Bart». Es ist jedoch aus historischen Gründen wichtig, die Vorgeschichte dieses Porträts zu kennen, und darum habe ich sie hier niedergesetzt. Das Original dieses Bildnisses misst 80 cm x 59 cm und ist im Privatbesitz einer mir unbekannten Dame aus den höchsten Gesellschaftskreisen.

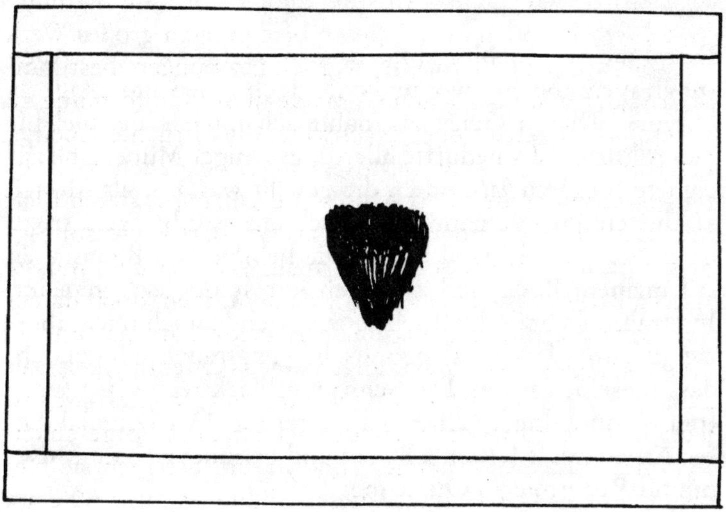

Bart

Eines meiner Lieblingsbilder. Wie sagt Goethe? «Auch Jungfrauen beten wonniglich, doch niemand soll es hören.»* Diesen Geleitsatz nahm ich mir als Beispiel für dieses Porträt. Es bedurfte allerdings einiger Mühe, eine geeignete Jungfrau zu finden, die gewillt war, mir als Modell zu dienen, und sie dann auch noch dazu zu bringen, so zu beten, dass es niemand hörte. Die hebräischen Buchstaben auf meinem Bilde sind natürlich nur symbolisch gemeint. Ich wählte hebräische Buchstaben, nachdem ich mich überzeugt hatte, dass es a) hebräische Jungfrauen gibt und b) dass dieselben beten. Der schwarze Fleck rechts der Jungfrau versinnbildlicht einen Schmetterling. Das Original dieser Arbeit misst 1,30 m x 80 cm und befindet sich im Museum für Realismus in Ottakring.

* Nicht der beliebte Dichter, dessen Daumen ich schuf, sondern Kurt Goethe, ein Schulkamerad von mir. Vgl. auch «Meine Schulaufsätze aus der dritten Klasse» von Kurt Goethe, unveröffentl.

Gebet einer Jungfrau

Eines meiner Lieblingsbilder. Dies war ursprünglich ein kommissioniertes Porträt von Mme. Jeannine Buttercup, der berühmten Amme. Mme. Buttercup willigte ein, mir mehrere Jahre als Modell zu dienen, wobei ich trachtete, sie so natürlich wie möglich zu gestalten, und sie daher ermutigte, ihrer Arbeit auch während der Sitzungen nachzugehen. Allerdings war sie mit zunehmendem Alter gezwungen, ihre Arbeit einzuschränken. Hierzu gesellte sich die Gicht, die ihr oft Schmerzensschreie entlockte. Diese Schreie sowie die Schreie der hungrigen Kinder, die sie immer umringten, machten es mir schwer, mich zu konzentrieren, doch gelang es mir, das Gemälde kurz vor Mme. Buttercups Tode zu vollenden. Da Mme. Buttercup nach Vollendung des Porträts nicht mehr in der finanziellen Lage war, die ursprünglichen Kommissionsbedingungen einzuhalten, stiftete ich es dem Sozialkritischen Museum zu Manila, wo es noch heute hängt. Originalgröße 4 m x 3 m.

Stillende Amme

Am Tag meiner Ankunft in Amerika fiel mir auf, dass die Stadt außergewöhnlich still war. Ich schob dies auf das Wetter und die politische Lage. Einige Jahre später teilte mir jedoch ein amerikanischer Freund mit, dass es Muttertag gewesen sei. Daraufhin beschloss ich, diesen Eindruck auf die Bildfläche zu bannen. Die Wolkenkratzer sind symbolisch für die treuen Mutterherzen, die auch im großen Amerika schlagen. Für die Fenster benötigte ich einige Jahre schwerster und konzentriertester Arbeit. Der rauchende Schornstein soll keinerlei Reminiszenz an meine Werke «Mutter kocht Grütze», «Mutter kocht Käsekuchen» oder «Mutter kocht Vater» darstellen, er versinnbildlicht lediglich eine kochende Mutter, aber nicht meine eigene. Das Original dieses Werkes misst 2,50 m x 1,60 m und hängt in der Kajüte des Kapitäns.

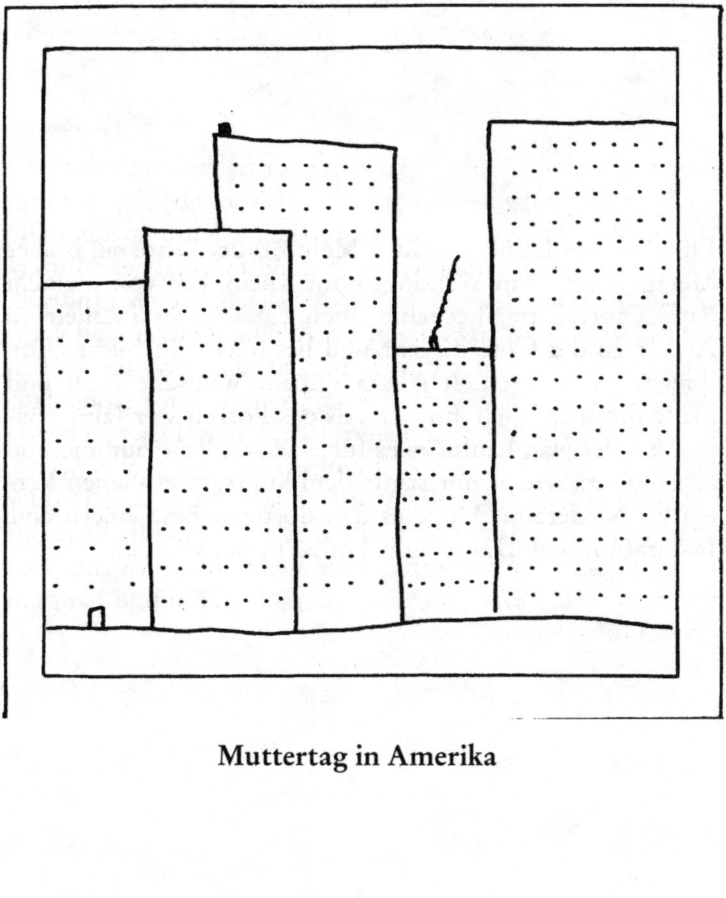

Muttertag in Amerika

Eines meiner Lieblingsbilder. Mein Bruder Otto, ein braver Metzgermeister in Wetzingen am Rhein, der von meinem Ruf gehört hatte, besuchte mich eines Tages in meinem Atelier an der Côte d'Azur und bat mich, ein Bildnis von ihm zu verfertigen. Ich kam seinem Wunsche nach und malte ihn so wie ich ihn sah. Als das Porträt vier Jahre später beendet war, kaufte er es für eine stattliche Summe und schenkte es, wie er mir sagte, dem kunstgewerblichen Verein zu Niederalm. Möge es den dortigen Bewohnern eine Inspiration sein. Das Original misst 69 cm x 69 cm.

Bruder Otto

KURZBIOGRAFIE

1855 Geboren in Stümpp am See.
1856 Kreisler kann seinen ersten Geburtstag feiern.
1859 Erste Malversuche.
1862 Erste Sprechversuche, die aber missglücken.
1863 Tod einer entfernten Tante.
1865 Kreisler erfährt den Tod der entfernten Tante.
1867 Kreisler erklärt, dass er den Tod der entfernten Tante begrüßt.
1870 Kreislers Bruder heiratet.
1872 Kreisler verbrennt sein Gesamtwerk.
1874 Kreislers Bruder heiratet wieder.
1875 Kreislers Vater erfährt den Tod der entfernten Tante sowie die Heirat des Bruders.
1877 Kreislers Mutter wird aus dem Gefängnis entlassen.
1879 Kreislers Mutter erfährt die Geburt Kreislers.
1880 Kreislers Bruder heiratet.
1883 Kreisler lernt Kunigunde Schnee kennen, die auf die Verbrennung seiner Werke profunden Einfluss ausübt.
1885 Kreislers Bruder heiratet Kunigunde Schnee.
1887 Geburt des amerikanischen Physikers Smyth, der Kreisler nie kennen lernt.
1890 Kreisler verlässt Stümpp und begegnet dabei einem Radfahrer. Kurzes Eheglück, als Kreisler in Wien die Frau seines Bruders kennen lernt. Wiederholte Vorwürfe. Kreisler verbrennt sein Gemälde «Familienglück». Abschlussprüfung. Brief an Vater. Silvesterfeier.
1893 Kreislers Mutter besucht ihn in Salzburg und prophezeit den Zweiten Weltkrieg.
1894 In diesem Jahr geschieht nichts Besonderes.

1895 Kreislers Mutter heiratet Kreislers Vater.
1897 Kreisler lernt Erna Mieskopp kennen.
1899 Kreislers Bruder heiratet Erna Mieskopp.
1900 Kreisler verbrennt das Bild «Die Liebe zum Weibe».
1902 Kreisler verbrennt das Bild «Entlein am Scheideweg».
1903 Kreisler verbrennt Erna Mieskopp.
1905 Kreisler erfährt von der Jahrhundertwende.
1906 Kreisler lernt Tatjana von Pokorny kennen.
1907 Kreisler lernt seine Kusine kennen.
1908 Kreislers Bruder heiratet Kreislers Kusine.
1910 Kreisler wird Ehrenmitglied des «Bundes unzufriedener Eisenbahnern».
1912 Kreisler verlässt sein Haus, kehrt jedoch nach einigen Stunden zurück.
1913 Ernestine von Kitz wird Kreislers Haushälterin.
1914 Kreisler heiratet Ernestine von Kitz und malt seine Gemälde «Punkt», «Fliegender Punkt», «Unsichtbarer Punkt» und «Komma».
1915 Tod der Ernestine von Kreisler, geborene von Kitz.
1916 Kreisler erfährt, dass seine Frau gestorben ist, malt aber weiter.
1917 Kreisler erfährt den Ausbruch des Ersten Weltkriegs, malt aber weiter.
1918 Kreisler lernt Tatjana von Pokorny kennen, malt aber weiter.
1919 Kreislers Bruder heiratet Tatjana von Pokorny.
1921 Der amerikanische Physiker Smyth stirbt. Er hat Kreisler nie kennen gelernt.
1922 Kreislers Vater stirbt. Kreislers Mutter stirbt. Kreislers Bruder stirbt. Kreislers Kusine stirbt. Frau Smyth stirbt.
1923 Kreisler erfährt die Vorgänge des vergangenen Jahres, malt aber weiter.
1925 Kreisler verbrennt sein Bild «Feuer».

1926 Kreisler verbrennt sein Bild «Wasser» und erfährt kurz danach das Ende des Ersten Weltkriegs.
1928 Tatjana von Pokorny tritt dem «Bund unzufriedener Eisenbahner» bei.
1930 Kreisler lernt Berta Meerfleisch kennen und verlobt sich daraufhin mit Tatjana von Pokorny.
1932 Kreisler will Berta Meerfleisch seinen Bruder vorstellen, was aber auf Schwierigkeiten stößt, da der Bruder tot ist. In seiner Not entsinnt sich Kreisler eines zweiten Bruders. Der Verschollene wird aufgespürt und heiratet Berta Meerfleisch.
1934 Berta Meerfleisch bringt einen Sohn zur Welt, der heißen soll wie sein Onkel: Kreisler. Kreisler wehrt sich dagegen, doch nützt ihm dies nichts, da sein Bruder, der der Vater des Kindes ist, auch Kreisler heißt.
1936 Reise nach Düsseldorf. Dort gründet Kreisler eine Zweigstelle des «Bundes unzufriedener Eisenbahner» und wird zum Ehrenmitglied ernannt. Tatjana von Pokorny wird ebenfalls Ehrenmitglied. Kreislers Bruder lernt Tatjana von Pokorny kennen. Tatjana von Pokorny lernt Kreisler kennen. Berta Meerfleisch lernt den «Bund unzufriedener Eisenbahner» kennen. Kreislers Bruder will Tatjana von Pokorny verführen, wird aber statt dessen Ehrenmitglied des Schützenvereins. Kreisler lernt den Schützenverein kennen und verlässt Düsseldorf. Roosevelt wird erneut zum Präsidenten der USA gewählt.
1939 Kreisler lernt seine zweite Frau kennen.
1941 Kreisler erfährt von seiner Heirat mit seiner zweiten Frau, malt aber weiter.
1942 Kreisler erfährt den Ausbruch des Zweiten Weltkriegs und appelliert an die Welt, den Krieg zu verschieben.

1944 Kreisler lernt Tatjana von Pokorny kennen und löst seine Verlobung mit ihr auf.

1947 Kreisler appelliert erneut an die Welt, den Krieg zu verschieben, erfährt aber, dass sein Appell des Jahres 1942 bereits im Jahre 1945 Früchte getragen hat. Nun widmet er der Welt sein Bild «Dank».

1949 Kreisler verbrennt das Bild «Dank» und feiert den Beginn des Jahres 1941, was er seinerzeit vergessen hatte.

1952 Berta Meerfleisch wird Ehrenmitglied des Schützenvereins.

1954 Kreisler feiert seinen 99. Geburtstag, erfährt aber nichts davon.

1957 In Anbetracht des hohen Alters Kreislers erklärt sich seine Frau zur Witwe.

1958 Der Antrag von Frau Kreisler auf Witwenpension wird abgelehnt, da Kreisler noch immer malt und sie daher seinen Tod nicht nachweisen kann. Sie tritt dem «Bund unzufriedener Eisenbahnerwitwen» bei.

1961 Kreisler vollendet sein Gesamtwerk und lernt Tatjana von Pokorny kennen.

1962 Kreisler äußert den Wunsch, dass keine weiteren Daten seiner Kurzbiografie veröffentlicht werden.

DER EINFLUSS KREISLERS AUF DIE WELTLITERATUR

Kreisler Einfluss auf die Weltliteratur ist so allumfassend, dass wir lediglich drei kleine Beispiele dafür bringen können. Die folgenden Ausschnitte stammen aus den berühmten Aufzeichnungen des amerikanischen Physikers Smyth, die zusammengefasst den Titel tragen «Ich kannte Kreisler nicht». Wie man sieht, reicht Kreislers Einfluss auf die Weltliteratur bis in die entferntesten Dörfer eines noch recht unbekannten Kontinents.

Aus dem vierten Kapitel, Seite 511:

Heute Morgen ging ich mit meinem Kollegen, Prof. Dr. Wissont-Latasch, in das neue Museum für Geschichte und Keramik. Als ich ihn abholte, war er bereits sehr aufgeregt, da er noch nicht gefrühstückt hatte. Ich bot ihm saure Drops an, die ich zufällig in meiner Manteltasche fand, aber sie waren bereits alt, also hielt er sie für Mottenkugeln und spuckte sie wieder aus.

Das Museum geht auf eine Initiative des Alpenvereins von Terre Haute, Indiana zurück. Warum es in New York steht, weiß ich nicht. Ich befragte Prof. Wissont-Latasch, der jedoch antwortete, zuerst müsse er frühstücken. Ich bot ihm einen Pfirsich an, den ich zufällig in meiner Manteltasche fand, doch er war bereits angebissen, und da Prof. Wissont-Latasch es ablehnte, einen Mitmenschen um sein Essen zu bringen, spuckte er den Pfirsich wieder aus.

Das Museum ist vor allem bekannt, weil die Erstbesteiger des Ossiachersees einmal darin nächtigten. Sie schlugen ihre Zelte im Saal Nr. 4 auf, direkt gegenüber der großen Keramik von Frau Noah J. J. Johnson, einer Enkelin des bekannten Adolf J. J. Johnson. Die Keramik stellt einen

Engel dar, der mit einem Pferd boxt, wobei das Pferd gewinnt.

Nachdem die Zelte aufgeschlagen waren, machte sich die Truppe auf die Suche nach Nahrung. Man fand diverses Geschirr (Keramik), welches jedoch niemand essen wollte. Man beschloss daher, verzweifelt und hungrig zu Bett zu gehen, als einer der Teilnehmer bemerkte, dass er seinen Pyjama zu Hause vergessen hatte. Er wurde als Wachposten aufgestellt, und nur die anderen gingen verzweifelt und hungrig zu Bett.

Im Saal Nr. 4 befindet sich auch eine berühmte Landkarte von Siam. Sie unterscheidet sich von anderen Siam-Landkarten dadurch, dass nicht nur Bangkok auf ihr verzeichnet ist, sondern auch London, Antwerpen und Baden-Baden. Früher befand sich diese Karte im Saal Nr. 23 im alten Westflügel. Als jedoch der alte Westflügel etwas lahmte, entschloss sich die Direktion, die Karte in den Saal Nr. 4 zu verlegen. Der Archäologe Dr. Brtzk wurde eigens aus Baden-Baden geholt, um diese Verlegenheit zu überwachen. Ich fragte Prof. Wissont-Latasch, ob nicht ein Zusammenhang darin bestehe, dass Dr. Brtzk aus Baden-Baden stamme und gleichzeitig Baden-Baden auf der Siam-Landkarte verzeichnet sei. Prof. Wissont-Latasch erklärte, erst frühstücken zu müssen. Ich bot ihm etwas Bircher Müsli an, das ich zufällig in meiner Manteltasche fand, doch da es bereits verschimmelt war, hielt er es für Penicillinkulturen aus meinem Laboratorium und spuckte es wieder aus.

Wir besichtigten sodann Saal Nr. K und stießen dort auf das Bett der Kaiserin Elisabeth von Österreich. Es war nicht sehr bequem, und das Laken fehlte. Sobald Prof. Wissont-Latasch das Bett sah, erinnerte er sich, dass er nicht gefrühstückt hatte, und begann zu weinen. Ich bot ihm einen Handschuh an, den ich zufällig in meiner Manteltasche fand. Er hielt ihn für eine Schuhsohle und aß ihn auf. «Ich habe selten so gut gefrühstückt», strahlte er danach. «Kennen Sie Kreisler?»

* * *

Aus dem siebenundzwanzigsten Kapitel, linke Seite:

In unserem Hause wohnte ein gewisser Heinz Müller, von Beruf Sklave. Präsident Lincoln hatte zwar die Sklaven befreit, aber das waren nur die Negersklaven gewesen, und Heinz Müller war weiß.

Den ganzen Tag litt er und sang lustige Lieder dazu. «Ach ja», seufzte er, «wenn ich nur ein freier Mensch wäre, hollodrio!» Meine Frau fesselte ihn manchmal mit eisernen Ketten und gab ihm Brot und Wasser.

Eines Tages war er verschwunden. Wir hielten es für unmöglich, dass er geflohen sein könnte, ohne die gesetzliche vierzehntägige Kündigungsfrist einzuhalten. Daher tippte ich auf Mord und verständigte die Polizei.

Der Kriminalkommissar untersuchte meinen Whisky und sagte, dass da nichts zu machen sei, außerdem könne ich mir ja einen neuen Sklaven kaufen. Also forschte ich auf eigene Faust nach. Heinz Müller hatte einen Bruder in der Schweiz, das wusste ich. Ich reiste in die Schweiz, die betreffende Stadt hieß Zürich oder so ähnlich, und fragte alle Leute, die ich traf, ob sie nicht zufällig einen gewissen Müller kannten.

Eines Tages saß ich ziemlich verzweifelt in meinem Hotelzimmer, als mir der Page einen Besuch meldete. «Wie heißt er?», wollte ich wissen.

«Kreisler», sagte der Page.

«Wie?», fragte ich.

* * *

Aus dem zweihundertzwölften Kapitel, vierter Absatz, dritter Paragraph, achter Stock, Tür drei:

Für den Physiker ist es natürlich von primärer Bedeutung, dass die Erhitzung der Flüssigkeit nicht so vor sich geht, dass durch die Beimengung von Jodchloroxychinolin Phenonylammonmoleküle frei werden, die eine Hydrochlorinkataklyse verursachen könnten, vor allem dann nicht, wenn die Nachbarn etwas merken. Etwaige Pilzbindungen sind abzustreifen, desgleichen Champignons. Übrigens ist es eine alte Weisheit, dass Äthylendodecyldimenthyl mit äußerster Vorsicht zu genießen ist, keinesfalls auf nüchternen Magen. Am besten benützt man hierfür eine in Seifenlauge ausgewaschene Pappschachtel, die in jeder Apotheke gegen ärztliches Rezept zu haben ist.

Meine Studenten haben bei diesem Experiment in Spanien gegen Ende des Sommers interessante Reaktionen bei Krähen festgestellt. Wenn man einer Krähe Benzylbromatsäure auf den Schwanz streut, fliegt sie weg. Die Krähen im nördlichen Chile reagieren nicht anders. Ein junger Student namens Krausel oder Kräusler berichtet zwar, dass eine einzige Krähe nicht weggeflogen sei, doch messe ich dem keine Bedeutung bei, da Krasler oder Krüsler sehr kurzsichtig war und vielleicht übersah, dass die Krähe nicht mehr lebte.

BIBLIOGRAFIE

Es braucht wohl nicht einleitend betont zu werden, dass bei der Unermesslichkeit der Kreisler-Literatur hier nur ein Querschnitt durch die wichtigsten Quellen geboten werden kann, der notwendigerweise beschränkt ist.

Ferkel, Anton: Der Stand der Kreisler-Forschung. In: Forschung, Fortschritt und forsche Mädels. Göttingen, 1904

Schnee, K.: Vier Briefe von Kunigunde Schnee an Kreisler, 1. Aufl., München, 1899.

Smyth, Peter: Ich kannte Kreisler nicht. (I didn't know Kreisler existed.) New York, 1919.

Kluck, Walter: Erinnerungen an Kreislers Mutter. In: Frauengefängnisse Europas. Stein, 1910.

Damenwiese, Leopold von: Kreisler, die Geschichte eines armen Irren. Leipzig, 1924.

Appelzell, Burschi: Kreisler, ein Beitrag zur Krise Europas. London, 1933.

Mackensen, Jens: Kreislers opfattelse og dogmatiska askadning. Stockholm, 1925.

Trinkwein, Richard: Kreisler und Napoleon. Versuch einer abwegigen Studie. Wien, 1931.

Gumpoldskirchner, Willibald: Kreisler und Rembrandt. Menschenschilderung, Weltanschauung, Pathologie. Aus: Billige Blätter, Vierteljahresschrift, Heft 126, 1913.

Traminer, Leonhard: Kreisler und Kreisler, der Ursprung des K & K? In: Alpträume, St. Polten, 1922.

Federstiel, Waltraud: Georg Kreisler, Geschichte eines Misserfolges. Dresden, 1929.

Kuttelfleck, Abigail: Sie brennen zu langsam. Eine Auseinandersetzung mit den Bildern Georg Kreislers. In: Alpenland 29 (1932) S.145.
Pokorny, Tatjana von: Tatjana von Pokorny. Tatjana-von-Pokorny-Verlag, 1930.
Tizian, Andreas: The development of Georg Kriesler. A study in Americanism. Boston, 1958.
Bleudelle, Gustav: Notre Kreisler. Paris, 1919. Englisch: Their Kreisler! Chicago, 1928. Deutsch: Eine peinlich Untersuchung über die wahren Ursprünge Kreislers. Düsseldorf, 1931.
Kreisler, Burgundia: Die Tragödie meiner Ehe mit Georg. Kleine Buntdeutsche Illustrierte, Heft 87, Hamburg, 1959.
Meerfleisch, Berta: Geschichte einer Liebe. Georg Kreisler und seine Folgen. Zürich, 1927.
Mieskopp, Erna: Mein Bruder, Hans Mieskopp. Berlin, 1926.
Mieskopp, Hans: Meine Schwester, Erna Mieskopp. Berlin, 1927.
Tolstoi, Leon: Krieg und Frieden. Berlin, 1885.
Heidicker, Johannes: Das Problem des Selbstseins bei Kreisler. Frankfurt, 1933.
Picasso, Theodor: Kreisler und sein Pinsel. Eine prinzipielle Untersuchung. Köln, 1948.
Picasso, Theodor: Kreisler und sein Hund. Eine ästhetische Untersuchung. Köln, 1949.
Kreisler, Georg: Heute leider Konzert. Drei Satiren.

III.

Der Unvollendete

VORWORT

Deutsche Schriftsteller gehören nicht zu Deutschland. Dafür sorgt der Bundeskanzler. Bundeskanzler sind glückliche Menschen, deswegen finden wir sie ja so komisch.

Überwältigt von der allgemeinen Lebensvertechnisierung, ist der deutsche Bundeskanzler noch langweiliger geworden, als er es schon immer war, und er besteht darauf, dass Schriftsteller schreiben sollen, sonst nichts. Schreiben ist aber das Letzte, was ein Schriftsteller machen sollte. Ein Schriftsteller soll räsonieren, er soll sich mit Wissenschaft und Politik beschäftigen, er soll berühmt werden, er soll den Journalisten witzige Dinge sagen, er soll sogar gelegentlich gedruckt werden, aber schreiben sollte er nur im äußersten Notfall.

Goethe war bekanntlich ein hervorragender Wissenschaftler, ein exzellenter Theaterdirektor und ein leidlicher Staatsmann. Heute gilt er immer noch als ein sehr verdienstvoller Aphoristiker, den man nach Belieben zitieren oder plagiieren kann, aber als Schreiber ist und war er nie sehr brauchbar. Kein Mensch liest seine Romane, seine Gedichte sind zum größten Teil unerträglich und seine Theaterstücke können nur gespielt werden, wenn Schauspieler und Regisseure zur Hand sind, die aus nichts etwas herausholen können. Goethe wäre auch sehr entrüstet gewesen, hätte man ihm gesagt, er möge zu Hause bleiben und schreiben, statt sich in Dinge zu mischen, die ihn nichts angehen, wie man das jetzt von deutschen Schriftstellern verlangt. Es ist zwar nicht so, dass die Deutschen auf ihre Schriftsteller verzichten möchten, aber sie möchten ihnen gerne befehlen, was sie zu tun haben, wie sie das bei Kellnern, Sekretärinnen und anderen Lohnabhängigen gewöhnt sind. Schriftsteller sind zum Schmuck der Nation geworden: Schön zu haben, aber nicht unbedingt nötig.

Da ich mich also nicht unbedingt nötig fühle, habe ich damit begonnen, einen nicht unbedingt nötigen Roman zu schreiben. Ich bin zwar in Österreich geboren, hätte aber genau so leicht in Deutschland geboren werden können. Ich habe mir nur von zwei Übeln das schönere ausgesucht. Denn Österreich ist ein schönes Land, darin sind sich Deutsche und Österreicher einig. Sie sind sich überhaupt viel einiger, als man das gemeinhin annimmt: Jeder bemitleidet den anderen.

Österreich ist also schön. Aber was nützt schon Schönheit? Sie nützt sogar einer Frau wenig, außer die Frau ist gleichzeitig arm und blöd. Einem österreichischen Schriftsteller nützt die Schönheit Österreichs so gut wie nichts, Peter Rosegger vielleicht ausgenommen. Aber Peter Rosegger war ja weniger Schriftsteller als Berufspatriot. Das bin ich nicht. Ich finde, der größte Dienst, den man seinem Vaterland erweisen kann, ist, es abzuschaffen.

Mein Roman heißt «Der Unvollendete» und dieser Titel bezieht sich sowohl auf den Helden des Romans wie auf den Roman selbst, den ich, wie man merken wird, nicht zu Ende geschrieben habe. Leser, die gewohnt sind, Romane nicht zu Ende zu lesen, können also meinen Roman zu Ende lesen, denn dann ist er eben noch nicht zu Ende. Das ist nicht heimtückisch. Ich finde einfach, man sollte einen Roman erst schreiben, nachdem man mehrere Romane nicht geschrieben hat.

Ich habe mich bemüht, beim Schreiben so viel wie möglich nicht zu sagen, wer nichts sagt, sagt etwas Kluges. Nun ist Schweigen ja nicht so schrecklich schwierig, aber es ist schwierig zu schweigen, während man einen Roman schreibt. Es war daher nicht zu vermeiden, dass ich hie und da doch etwas sagte. Aber das waren dann Dinge, die mir selber ein Rätsel waren. Über Dinge, die ich weiß, habe ich geschwiegen. Es war ferner mein Bestreben, so unverständlich wie möglich zu bleiben, nicht nur für die Leser, sondern auch für mich selbst. Es ist das Nichtverstehen unserer Welt, das unsere Welt verständlicher macht. Wer das nicht glaubt, beobachte das Publikum, das über nichts weinende, über nichts jubelnde, für nichts zahlende und wegen nichts verurteilende Publikum. Wo immer ein Publikum in Aktion tritt, schüttelt ein Fachmann seinen Kopf. Das gilt natürlich auch in der Politik.

Auf gar keinen Fall ist mein Roman zeitkritisch. Heutzutage kann nur ein sehr dilettantischer Schriftsteller einen zeitkritischen Roman schreiben. Allerdings leben wir in einer Zeit des Dilettantismus, denn, im Gegensatz zu früher, lehren jetzt Dilettanten andere Dilettanten den Dilettantismus und dadurch schreiben viele dilettantische Schriftsteller Dinge, die sie nicht erklären können, statt zu bedenken, dass sie Dinge, die sie nicht schreiben, auch nicht erklären müssten. Mit der Zeit schreiben sie zeitkritische und lebensbejahende Bücher, anstatt lediglich optimistische. Zwischen den beiden ist aber ein großer Unterschied. Auch Satiriker sind Optimisten, aber sie sind deswegen keine Lebensbejaher. Alle Trottel sind heutzutage Optimisten, aber nicht alle Optimisten sind Trottel.

Je mehr Bücher es gibt, umso dümmer werden die Leute, heißt es in einem chinesischen Sprichwort, das ich soeben erfunden habe. Das gilt vor allem für lebensbejahende Romane. Romane sind nichts als vorübergehende Besuche. Sie sind gänzlich nutzlos. Im Talmud steht: Die Sonne geht auch ohne unsere Hilfe unter.

ERSTES KAPITEL

Eine Geschichte mit Handlung? Wie schreibt man das, wenn das Leben selbst so viel Handlung hat, wenn schon, während ich schreibe, die Ereignisse sich überstürzen in einen nichtssagenden Strudel von ungeheuren Ausmaßen?

Also gut, Adalbert Bedalbert – so kann man ja heißen, wenn die Eltern dumm genug waren, ihr Kind Adalbert zu nennen – ergriff die Flucht vor seiner Frau, wie gesagt, die Ereignisse überstürzen sich, nicht nur vor seiner Frau, sondern überhaupt vor allem, seinem Beruf, seiner Stellung, seiner Wohnung, seinen Freunden, allem. Die Frau, sie hieß Grete, schrie, du Feigling, du Schuft, ich hätte es mir ja denken können. Adalbert, weder Schuft noch Feigling, schrie zurück, du Hure, du Arschloch, ich will dich nie wieder sehen, und so beginnt die Geschichte eigentlich schon ganz aufregend. Adalbert rannte aus der Wohnung und nahm nichts mit sich. Grete, die gehofft hatte, er werde sie prügeln, telefonierte sofort mit ihrem Freund, der im Augenblick Max hieß. Max hatte kein großes Interesse an der verlassenen Grete, sagte aber, er werde es sich überlegen. Adalbert begab sich zur Bank, nahm das gemeinsam Gesparte an sich und emigrierte nach Amerika.

Man müsste eigentlich viel langsamer erzählen. Die Bank, zum Beispiel, hatte grüne Tapeten, von denen unaufhörlich Tränen rannen. Diese bildeten kleine ärgerliche Pfützen auf dem Fußboden und zwei Scheuerfrauen waren Tag und Nacht damit beschäftigt, die Pfützen zu beseitigen.

Oder: Der amerikanische Konsul war gerade nicht zu sprechen, als Adalbert emigrieren wollte, und die Sekretärin war schwerhörig, alt und ungeduldig.

Oder noch langsamer: Adalbert war zweiunddreißig Jahre alt, Grete einunddreißig. Sie waren vier Jahre lang verheiratet gewesen. Er sah durchschnittlich aus, aber er war es nicht, denn er war unruhig. Grete war viel attraktiver, rötlich blond, schimmernde Augen, großer, sinnlicher Mund, erstklassige Figur. Sie hatte Adalbert geheiratet, weil sie gedacht hatte: Einmal muss es ja sein. Sie hatte schon zwei Jahre lang versucht, irgendjemanden zu heiraten. Und nun war sie wieder allein, denn sie warf sich zwar an Max, aber der warf sich in eine andere Richtung. Für Adalbert war die Emigration nach Amerika mehr Suche als Flucht, denn sein Alltag ekelte ihn an. Grete war eigentlich seine große Hoffnung gewesen, unkonventionell in der Liebe, in der Arbeit, in ihrer Ausdrucksweise. Adalbert fand das alles so logisch, dass er an sich verzweifelte. Er glaubte, nie so logisch werden zu können wie Grete.

Man geht auf die Straße und fragt sich: Warum gehe ich hier, ich will doch gar nicht? Man grüßt seine Mitarbeiter und wäre lieber draußen geblieben. Genügt es nicht, dass man die Stadt nicht verhindern kann? Warum kann man sich selbst nicht verhindern, außer durch Selbstmord? Wie genießt man den Tag, ohne seinen Gewohnheiten zu frönen? Mein Gott, wenn man sich schon freut, alte Bekannte wiederzusehen, wie öde muss der Alltagsrest sein, die Verpflichtungen, in die man irgendwie hineingeschlittert ist, die Lügen, die man erst begreift, nachdem man sie erzählt hat, die lächelnden Leute, die mahnenden Finger, die grausame Selbstverständlichkeit jeder Minute, wenn der Installateur nicht kommt, geht die Welt unter, wenn der Wecker kaputt ist, kann man die ganze Nacht nicht schlafen, pfui, pfui und immer wieder! Es ging Adalbert gar nicht um den Prokuristenposten, er konnte sich krank melden, aber dadurch war nichts gewonnen, der Tag verging wie jeder andere, er konnte sich besaufen, auch als Besoffener blieb er das Rädchen in der Maschine.

Er fuhr also zum Flughafen. Dort schrieb er Grete den letzten Brief. Er teilte ihr mit, dass er auf Nimmerwiedersehen zu verschwinden gedenke. Er bat sie, die Scheidung einzureichen, informierte sie, wie sie alles regeln konnte, ohne unnötige Schulden zu machen, er war wieder einmal gewissenhaft. Im Flugzeug fühlte er sich leichter und freute sich, dass er ganz gut Englisch konnte. In New York fragte er sich nach einem Zimmer durch, studierte die Zeitungsinserate und bekam die erste Stelle, um die er sich bewarb. Er erfasste schnell, worum es bei seiner Arbeit ging: Man musste sie schnell erledigen, dann konnte man aus dem Fenster starren, auf andere Fenster oder auf die Beine der Sekretärinnen, man konnte Kaffee trinken oder Wasser, man konnte zur Toilette gehen, es gab immer etwas zu tun. Sein Vorgesetzter hieß Henry Bratt.

«Jawohl, Mister Bratt», sagte Adalbert.

«Sie können mich Henry nennen», sagte dieser. «Sie sind OK, Adalbert. Wollen Sie meine Stelle haben? Dann könnte ich befördert werden. Ich wäre schon lange befördert worden, aber in der ganzen verdammten Abteilung gibt es keinen Nachfolger für mich. Alle wollen mein Nachfolger werden, und das geht nicht.»

«Ich will nicht Ihr Nachfolger werden», sagte Adalbert.

«Das ist gut», sagte Henry, «dann werden Sie es bestimmt. Nehmen Sie nur kein Ehrendoktorat an, davon kriegt man Kopfweh.»

«Darf ich etwas fragen?»

«Lieber nicht», sagte Henry, «wer fragt, denkt. Wer denkt, hofft, wer hofft, wünscht sich etwas. Und wer sich etwas wünscht, wünscht sich garantiert etwas, was man nicht kaufen kann. Das ist unpatriotisch. Da kann man ja gleich in die Regierung gehen! Kennen Sie unsere Regierung? Wie kann man mit so hässlichen Sekretärinnen regieren? Nicht einmal trinkfest sind sie. Bleiben Sie bei mir, Adalbert! In drei Monaten sind Sie Abteilungsleiter.»

«Ich weiß nicht recht», sagte Adalbert.

«Das ist gut», sagte Henry, «Leute, die wissen, brauchen

wir hier nicht. Leute sollen wollen, nicht wissen. Was halten Sie von einer Jacht im Swimmingpool? Kürzlich habe ich ein Klosett gesehen mit einem goldenen Knopf in der Schüssel. Wenn man ihn trifft, ertönt ein Glockenschlag. Der Rekord ist elf Glockenschläge bei einem einzigen Toilettengang.»

«Nicht zu überbieten», meinte Adalbert.

«Nur den Kopf nicht hängen lassen! Ihre Witwe freut sich über alles, was sie ihr vererben.»

Aber Adalbert wusste wirklich nicht recht. War er vom Regen in die Traufe geraten? Die Revolution, wusste er, tut sich nicht durch Brüllen und Schießen kund, sondern durch das Gegenteil, durch Stille und Sterben. Hackte der Baum auf den Specht, statt umgekehrt, wäre der Specht tot. Wer ist also der Stärkere, der Baum oder der Specht? Ist es der Specht, weil er hackt, oder ist es der Baum, weil er stillhält? Kann der Specht überhaupt stillhalten? Nein, die Kleinen können das nie, nur die Großen halten still, die Wolkenkratzer, die Bosse, der liebe Gott. Wird man groß durch bloßes Stillhalten? Nein, tot wird man, wie der Specht, wenn Gott behüte der große Baum loshackt. Aber der Baum hackt doch nicht los, er hält still. Nein, dachte Adalbert, nie werde ich mit dem Problem fertig.

Beginnen wir noch einmal von vorn: Was will der Specht? Würmer. Was will der Baum? Nichts. Henry ist mein Vorgesetzter, folglich will er nichts und ich will Würmer. Andererseits will Henry schon etwas, er sagt es selbst, er will befördert werden, folglich will er die Würmer und ich will nichts. Er ist der Kleine und ich bin der Große. Gott helfe Henry, wenn ich einmal den Spieß umdrehe und loshacke! Kann das der Baum? Er kann es nicht, folglich kann ich es auch nicht. Ich bin zwar der Große, der Baum, und Henry ist der Kleine, der Specht, aber das nützt mir nichts. Er muss hacken und ich muss stillhalten. Sein Hacken tut mir zwar nicht weh, aber zurückhacken kann ich nicht, ich kann rauschen, aber ich kann nicht hacken. Und rauschen kann ich auch nur, wenn der Wind mitmacht. Vor allem kann ich nicht davonfliegen. Was täte der Specht, wenn der Baum plötzlich davonflöge? Die Dinge entgleiten mir, würde der Specht sagen und tot umfallen. Ich muss also etwas lernen, was ich nicht kann, dann sagt Henry, dass ihm die Dinge entgleiten und fällt tot um. Was habe ich davon, wenn Henry tot umfällt? Nichts, also wozu etwas lernen, was ich nicht kann? Die Logik geht anders, sagte Adalbert, ich komm schon noch drauf.

Was will ich? Nichts? Doch, ich will, dass alles anders wird, ich will hacken können, wenn ich will, nicht nur dumm dastehen müssen und den Specht hacken lassen. Ich habe also Ambitionen. Jetzt weiß ich, was es ist: Der Baum muss warten, bis der Specht kommt. Er muss auch warten, bis er Wasser kriegt, der Specht kann sich selber begießen. Aber weiß der Specht das? Er weiß es nicht, ich weiß es also auch nicht, und der Baum weiß es auch nicht. Die fühlen es nur alle, genau wie ich.

Das Schlimme ist, dass der Käfig nicht einmal enger wird. Er bleibt gleich. Wie, sagte ich, tut Revolution sich kund? Durch Stille und Sterben. Ich muss also still bleiben und mein Sterben versprechen. Ist es das? Wer stirbt, ist still, Sterben heißt Stillsein, folglich heißt Stillsein Sterben. Ist es das wirklich? Ja, Taten sprechen lauter als Worte, ich muss sterben, dann bin ich automatisch still, dann weiß ich, worum es geht. Wenn man tot ist, sieht das Leben anders aus. Aber – und da sitzt der Haken – die anderen wüssten es nicht. Der Baum überzeugt den Specht nicht, der Specht überzeugt den Baum. Nein, sagte Adalbert, mit Denken komme ich nicht weiter, Denken führt zu nichts, es muss einen zweiten Weg geben.

ZWEITES KAPITEL

»Ich arbeite nicht in einer Firma, die Firma arbeitet in mir», sagte Adalbert zu seinem stummen Diener. «Deshalb habe ich heute ein so seltsames wer anderen eine Grube gräbt, hat Mund im Golde.»

«Jede Zukunftsmusik ist schon einmal dagewesen», antwortete der stumme Diener, «daher das Misstrauen, nicht zu verwechseln mit Missistrauen, nicht zu verwechseln mit Mississippi, nicht zu verwechseln mit Mississippismus und so weiter. Das einzige, worüber ich mich beschweren kann, ist, dass Sie mich immer wie Ihresgleichen behandeln. Das kränkt und unkt.»

«Es hinkt auch», sagte Adalbert, «ich behandle nur mich wie meinesgleichen, und ich lebe ja nicht mehr im strikten Sinn des Wortes. Sie sind. Bin ich? Wäre ich, könnte ich glauben, vielleicht sogar kaumglauben. Wenn das kein Beweis ist, so hat es doch seine Schuldigkeit getan und kann gehen.»

«Es erübrigt sich, mit Ihnen zu diskutieren», behauptete der stumme Diener und verbeugte sich. «Wäre ich nicht stumm, würde ich mit Ihnen nicht reden, geschweige Mittag essen. Es ist aber interessant, von Ihnen zu hören, dass Sie nicht leben. Ich habe noch nie jemand kennen gelernt, der nicht lebte, obwohl natürlich viele Leute leben, die ich nicht kennen gelernt habe. Dieser Gedanke allein hat mich gelehrt, dass man Gleichnisse vermeiden soll.»

«Wo ich bin, gibt es keine Gleichnisse», sagte Adalbert, «aber es war nicht immer so. Stellen Sie sich vor, ich war verheiratet, noch dazu mit jemand anderem. Wenn das kein Gleichnis ist! Jeder war verheiratet, einfach jeder, zumindest davor oder danach, manche auch dazwischen. Man schwamm einfach durch, nein, schwamm darüber.»

«Ich bitte Sie, erzählen Sie weiter!», bat der stumme Diener.

«Es deprimiert mich zwar, aber schön, weil Sie es sind. Also: Nicht nur war jeder verheiratet, jeder pflanzte sich auch ganz öffentlich fort, man zeigte mit Stolz die Betten her, in denen man Kinder zeugte.»

«Zeugten auch die Betten Kinderbetten?»

«Noch nicht», erzählte Adalbert, «aber was nicht ist, hätte ja einmal gewesen sein können.»

«Das glaube ich kaum», sagte der stumme Diener, «was nicht ist, ist nie gewesen, wird nie sein, hätte nie gewesen sein können und wird nie gewesen haben geseint werden.»

«Sie glauben ja schon wieder kaum!», rief Adalbert. «Und dann sagen Sie, ich behandle Sie wie meinesgleichen!»

«Wo Sie recht haben, baut der Schmied kein Loch», sagte der stumme Diener. «Ich muss zugeben, Sie kennen Ihre Mäuse.»

«Nicht nur das! Wenn Sie sich an mich halten, werden auch Sie eines Tages sprechen können. Dann können Sie sich mit mir unterhalten.»

«Ein schwacher Trost», meinte der stumme Diener.

«Besser ein schwacher als ein zugiger. Haben Sie schon einmal einen zugigen Trost gehabt? Nein? Dann können Sie nicht mitlaufen. Na, ich bin froh, ich habe mich gelöst. Sollte ich Ihnen nicht vor einer Minute erzählen, wie ich mich gelöst habe? Wie gesagt, eines Tages war ich mit jemand anderem verheiratet. Morgen ist wieder ein Tag, dachte ich damals, aber natürlich täuschte ich mich, denn es war keiner. Nicht einmal gestern war ein Tag, nicht einmal heute! Aber das gehört auf einen anderen Schreibtisch. Ich hatte damals die Gewohnheit nachzudenken, eine der dümmsten Gewohnheiten, die es nicht gibt, aber was wollen Sie? Ich war voll Wasser, voll Dünkel, voll Neon und anderen Chemikalien, da denkt man bald nach. Ich dachte also nach, und je weniger das zu etwas führte, umso mehr dachte ich nach. Nachts schwammen Fische darüber, die nicht nachdachten, über die dachte ich nachts nach. Jeden Mittwoch gab es Gänsebraten, der nicht nachdachte, und ich dachte jeden Mittwoch über Gänsebraten nach. Ich dachte über meine Fragen nach, über meine Antworten, über Puppen, Orchideen und Walfische, ich dachte über alles nach, was ich sah, hörte und fühlte.»

«Jetzt übertreiben *Sie»,* meinte der stumme Diener.

«Das ist möglich», sagte Adalbert, «darüber denke ich nicht nach. Ich muss aber irgendwann darüber nachgedacht haben, sonst hätte ich jetzt nicht so viel Rückenwind. Wie löste ich mich also? Um das zu wissen, müsste ich nachdenken, ich muss es also anders in die Wege leiten. Kennen Sie irgendeinen Stein, irgendwo, in irgendeiner Luftblase, irgendeinen Stein? Er kann groß oder klein sein. Kennen Sie ihn?»

«Weder noch», sagte der stumme Diener, «sonst hätte er es mir gesagt.»

«Gut», sagte Adalbert, «auch ich kannte keinen Stein, als ich mich löste. Aber der Herr war gnädig, deswegen sagt man ja ‹Gnädiger Herr› oder ‹Gnädige Frau›. Wenn man sich ganz tief ins seichte Wasser legt, kann man träumen, man wäre ein Stein. Aber man muss Steine lieben, man muss sich in diese Liebe, in diesen Traum, versenken, denn das tun Steine, sie versenken sich. Man kann es auch mit einem Vogel machen oder mit einem stummen Diener, das kommt auf dasselbe heraus. Aber dann passiert eben etwas Seltsames: Vögel haben bekanntlich eine Art Sprache, aber jeder Vogel versteht nur seine eigene Sprache, nicht die Sprache der anderen Vögel. Verhaltensforscher, zum Beispiel, verstehen nur, was Sie selber sagen. Putzfrauen, das sind sehr putzige Vögel, verstehen seltsamerweise nicht einmal ihre eigene Sprache. Dafür verstehen sie die Sprache nasser Lappen. Die Lappen wohnen hoch im Norden, mangelhafte Lappen im Süden, nasse Lappen wohnen überhaupt selten. Und plötzlich erlebt man dann einen Augenblick, in dem alle Dinge durchsichtig sind. Und man weiß, wo Elefanten hingehen, man hört die Blumen singen, und die Wiesen kriegen eine ganz komische Farbe, so ähnlich wie rosa, es kann aber auch grün sein. Verstehen Sie?»

«Ich verstehe leider nur, was ich selber sage», antwortete der stumme Diener. «Ich fürchte, daran wird sich nichts ändern.»

«Stellen Sie sich wenigstens eine Französin vor», sagte Adalbert. «Können Sie das?»

«Vielleicht», sagte der stumme Diener, «eine Französin – nun ja, Französinnen haben ein gewisses Etwas. Oder ist das ein Vorurteil?»

«Nein, das Vorurteil haben Sie», meinte Adalbert.

«Das Vorurteil habe ich? Also gut, es mag auch dicke Französinnen geben, aber dann sind sie absichtlich dick, sie sind dick, weil es dicke Männer gibt, die dicke Frauen mögen. Nein, ich komme nicht weiter, ich kann mir keine Französin vorstellen.»

«Denken Sie an einen tiefen Tümpel! Denken Sie an Seerosen! Merken Sie die Verwandtschaft? Wenn Seerosen sprechen könnten, wären sie dann noch Seerosen? Pferde wären sie wahrscheinlich, zumindest Flusspferde. Aber Seerosen sprechen nicht, sie zwutschen nur leise, meistens Freitag gegen sechs Uhr am Nachmittag. Das hört sich dann so an: Zwutsch!»

«Wie bitte?»

«Zwutsch! Eine Seerose hat keinen Magen und keine Eingeweide. Man unterscheidet männliche, weibliche und überliche Seerosen. Die überlichen Seerosen glauben an Gott, die männlichen Seerosen glauben an den Tümpel, in dem sie leben, und die weiblichen Seerosen glauben an sich selbst. Das ist schon seit Jahrtausenden so, sofern man an Jahrtausende glaubt. Es dürfte übrigens noch ein viertes Seerosengeschlecht geben. Ich bin ihm auf der Spur.»

«Haben Seerosen Augen?»

«Was für eine Frage! Sie schließen ja von einem auf das andere. Sie formulieren, Sie benützen die Sprache als Kommunikationsmittel, Sie sind ja nicht einmal der stumme Diener, für den Sie sich halten.»

«Ich bin der, zu dem Sie mich gemacht haben», sagte der stumme Diener unterwürfig.

«Nein», sagte Adalbert, «diese letzte Frage von Ihnen, die war nicht von mir, die war von Ihnen höchstpersönlich. Aber bitte – wir wollen nicht streiten. Wir wollen annehmen, sie sei nie gefallen. Bei mir ist das etwas anderes, ich bin Ihnen immens voraus, ich darf Ausnahmen machen, denn ich bin mir des Zieles bewusst.»

«Ach! Sie haben ein Ziel?»

«Natürlich nicht, ich bin mir nur des Zieles bewusst, das heißt noch lange nicht, dass ich es habe. Ich bin, genau gesagt, dem Ziel auf der Spur, wie dem vierten Seerosengeschlecht. Genug von Seerosen!»

«Ich glaube, ich habe verstanden», sagte der stumme Diener. «Sie wollen das Denken ausschalten.»

«Nicht ganz», erwiderte Adalbert, «sagen wir so: Ich wollte einmal das Denken ausschalten, aber ich habe entdeckt, dass es vorteilhafter sein dürfte, sich vorerst mit Teilerfolgen zu begnügen, zum Beispiel, die Gedanken auszuschalten oder die Erlebnisse oder die Assoziationen. Ohne Assoziationen keine Angst, keine Sorge, keinen Hunger.»

«Was noch nicht?»

«Was noch nicht was? Oder wer was noch nicht? Oder meinen Sie vielleicht, warum wer was noch nicht hatte, wohingegen vorgestern? Natürlich sind wir noch nicht einmal in der Nähe dessen. Aber immerhin, es ist Oktober, Kirschen fliegen durch die Luft, der Wind ist schief und die Leute haben Löcher an. Gebrechliche Leute sogar zwei. Ob das hilft? Ob der Roman so weitergeht? Ja, mein lieber Stummer, man muss halt Vertrauen haben. Ohne Vertrauen in die einsame Revolution gibt es keine Musik, kein Dichten und kein Weben. Da gibt es kein Mich, keinen Himmel und schon gar keinen Horizont. Ohne Vertrauen in die einsame Revolution steht die Welt still.»

Aber es kam anders: Die Zeit verwechselte sich mit einer anderen Zeit und davon stand die Welt nicht still, sondern sie wurde krank. Menschen befanden sich auf den Straßen, ohne zu wissen warum, ohne zu wissen, woher sie kamen oder wohin sie gingen. Andere Menschen arbeiteten weiter, weil sie das Gefühl hatten, es sei wichtig. Wenn jemand lachte oder weinte, wurde er eingesperrt, bis er aufhörte. Als einige Bauern sich weigerten, den Ertrag ihres Landes zu verkaufen, fing man an, alle Bauern zu ignorieren. Man schlachtete Rennpferde, und im Sommer aß man Pelzmäntel. Frauenemanzipation wurde verboten. Allmählich fürchtete man die Dunkelheit. Nachts versteckten sich die Menschen in ihren hellerleuchteten Zimmern. Manche wurden dunkelkrank, auch Henry, der aber glücklicherweise dadurch seinen Bauch verlor. Wegen seiner Dunkelkrankheit stürzte sich ein Millionär aus dem dreißigsten Stockwerk, worauf ein anderer, ihn überbietend, aus dem fünfunddreißigsten Stockwerk sprang, der nächste aus dem zweiundvierzigsten, und so weiter, bis die Häuser nicht mehr hoch genug waren. Man tanzte viel, aber man war nicht fröhlich. In den Theatern spielte das Publikum die Stücke, und die Schauspieler sahen zu. Krankenhäuser wurden samt und sonders geschlossen. Das Fernsehprogramm begann erst um Mitternacht. Alle Seebäder wurden abgeschafft und Heimbadewasser in Flaschen verkauft. Die meisten Zeitungen mussten eingestellt werden, denn die Nachrichten interessierten niemanden, und die Inserate wurden in den Straßen über Lautsprecher durchgegeben. Der Lehrstoff in den Schulen wurde gründlich revidiert: Segelfliegen statt Lesen, Werbetexteformulieren statt Schreiben, Geldzählen statt Rechnen, Pistolenschießen statt

Turnen, Flaggennähen statt Geografie, Kochen statt Chemie, Verkaufspsychologie statt Geschichte, Flugzeugmechanik statt Physik, Frisierkunst statt Naturgeschichte, Religion statt Geometrie.

Adalbert ließ sich jeden Morgen von seinem stummen Diener daran erinnern, dass er arbeiten gehen musste. Im Büro musste ihm Henry täglich die Arbeit von Neuem erklären. «Wer sind Sie?», fragte Adalbert.

«Ich heiße Henry Bratt», sagte dieser, «Sie können mich Henry nennen.»

«Vielen Dank, Mister Bratt, «sagte Adalbert, «was machen wir hier?»

«Wir arbeiten», erklärte Henry, «wir sind Teil einer großen Industrie, die eine Menge von Produkten herstellt, von denen uns aber nur einige interessieren. Wir sind Abteilung Neunzehnzwanzig T-H-B-M-V. Das heißt soviel wie: Statistik für Toaster, Haartrockner, Bügeleisen, Mixer und Ventilatoren. Jeder Angestellte in dieser Abteilung bearbeitet nur einen kleinen Kundenkreis. Sie, mein lieber Adalbert, bearbeiten nur die Buchstaben K, L und M, das heißt, in Ihrer Kartei befinden sich die Kunden, deren Namen mit K, L oder M beginnen. Eine Kopie jedes Lieferscheins für Toaster, Haartrockner, Bügeleisen, Mixer oder Ventilatoren wird auf ihren Schreibtisch gelegt. Sie übertragen alles Wesentliche von diesem Lieferschein in die Gesamtkartei, fordern dann die Zahlungsbestätigung für die Lieferung von der Buchhaltung an und übertragen auch diese in die Gesamtkartei, so dass wir immer genau wissen, was jeder Kunde seit dem Jahr Neunzehnhunderteinunddreißig bestellt, bezahlt und zurückgeschickt hat.»

«Ist das nötig?», wollte Adalbert wissen.

«Ganz und gar nicht», erklärte Henry freundlich. «Unsere Abteilung und unsere Arbeit sind total überflüssig, aber darum geht es nicht. Es geht um die Tradition. Tradition ist ein wichtiger Bestandteil des strategischen Konzepts des Verwaltungsrats.»

«Sind Sie sicher, dass ich mich für diese Arbeit eigne?»

«Ich fürchte nein», sagte Henry, Sie würden sich viel besser als Abteilungsleiter eignen. Da müssen Sie nämlich gar nichts tun, außer die Arbeit der anderen zu überprüfen, und das können Sie ruhig Ihrer Sekretärin überlassen. Außerdem könnte ich dann endlich befördert werden.»

«Wenn Sie es wünschen, werde ich natürlich auch Abteilungsleiter», sagte Adalbert. «Ist denn der Abteilungsleiter nötig?»

«Er ist so unnötig wie alles andere.»

«Was ist dann der Grund für diese Abteilung?»

«Der Grund ist einfach», erläuterte Henry. «Toaster, Haartrockner, Bügeleisen, Mixer und Ventilatoren werden seit Jahren mit eingebauten Fehlerquellen hergestellt. Keines unserer Produkte hält länger als achtzehn Monate. Nach spätestens achtzehn Monaten muss also der Kunde dasselbe Produkt noch einmal kaufen. Einige unserer kleineren Konkurrenten wurden nun vor ein paar Jahren vom Handelsministerium gezwungen, die Haltbarkeit ihrer Produkte zu verlängern. Das Resultat war natürlich, dass sie weniger verkauften und schließlich pleite gingen. Der Verwaltungsrat unserer Firma hat diese Entwicklung nach Kräften gefördert, gleichzeitig aber unseren Betrieb vergrößert. Müsste ein Riesenbetrieb wie der unsere jetzt schließen, wäre eine größere Arbeitslosigkeit die Folge, und das kann sich die Regierung nicht leisten. Wir haben daher jetzt fast doppelt so viele Angestellte wie früher und verkaufen fünfmal so viel Ware. Es ist nicht nötig, dass Sie das alles verstehen, lieber Adalbert, es ist viel wichtiger, dass Sie Abteilungsleiter werden. Unterschreiben Sie einmal hier die nötigen Formulare!»

«Ich verstehe sehr gut», sagte Adalbert, «ich unterschreibe.»

Als er allerdings einige Tage später seine Sekretärin zu sehen bekam, erschrak er heftig. Seine Sekretärin war Grete. Wieso erkannte er sie? Er hatte doch sonst alles vergessen. Aber es war Grete, daran war nicht zu rütteln.

«Ich dachte, wir wären geschiedene Leute», sagte er zu ihr.

«Aber Mister Bedalbert», sagte Grete.

«Wie kommst du nach Amerika?»

«Ich bin hier geboren», sagte Grete.

«Aber Mister Bedalbert!», sagte Henry.

«Ich werde verrückt», erklärte Adalbert.

«Das ist gut», rief Henry, «verrückte Leute sind produktiv!»

«Diktat gefällig?», fragte Grete. «Oder Kaffee? Kann ich Ihnen einen Akt bringen? Oder wollen Sie lieber einen von mir malen? Soll ich telefonieren? Jemand von Ihnen fernhalten? Ihre Gattin vielleicht?»

«Mister Bratt, ich muss Sie unbedingt sprechen», rief Adalbert.

«Das ist leider nicht möglich», antwortete dieser, «ich habe mit Ihrer Abteilung nichts mehr zu tun. Wenden Sie sich an Mister Lustig!»

«Wo ist er?»

«Er ist dunkelkrank», sagte Grete. «Vielleicht kommt er nie wieder. Diktat? Kaffee? Telefon?»

«Gut, gut, aber setzen Sie sich ja nicht auf meinen Schoß!»

«Aber Mister Bedalbert!»

«Wie heißen Sie?»

«Grace Kelly.»

«Sie lügen! Wie diktiert man einen Brief? Ich habe es vergessen.»

«Nun», sagte Grete, «man beginnt mit ‹Sehr geehrter Herr Sowieso›. Den Namen setze ich später ein. Ich habe eine Liste.»

«In Ordnung», sagte Adalbert, «dann schreiben Sie: Sehr geehrter Herr Sowieso, wenn Sie sich weigern, mich sofort zu empfangen, fange ich wieder mit dem Nachdenken an. Die ungeheuren Folgen überlasse ich ganz Ihrer Fantasie. Der Bankrott unserer Firma wäre das Resultat, vielleicht auch ein Weltkrieg. Mit vorzüglicher Hochachtung – »

«Was wollen Sie Mister Bratt denn sagen?» fragte Grete. «Sie wollen sich bestimmt über mich beschweren, aber das würde nichts nützen. Mister Bratt arbeitet jetzt in einer anderen Abteilung.»

«Erstens arbeitet Mister Bratt überhaupt nicht, dazu ist er zu vernünftig.»

«Und zweitens?», fragte Grete. «Und drittens? Und viertens? Diktat? Kaffee? Telefon?»

«Kaffee», sagte Adalbert.

«Ist keiner mehr da», sagte Grete. «Theaterkarten vielleicht? Mister Bloom aus San Francisco ist am Apparat.»

«Bringen Sie den Brief zu Mister Bratt», stöhnte Adalbert.

«Das müssen Sie schon selber tun», sagte Grete. «Mister Bratt arbeitet jetzt in einer anderen Abteilung. Zutritt für abteilungsfremde Sekretärinnen ist strengstens verboten. Telefonieren Sie doch mit ihm, da kann ich mithören.»

«Meinetwegen.»

«Dreiergespräch Mister Bratt, Mister Bedalbert und Sekretärin. Bitte beginnen», sagte Grete.

«Hören Sie, Mister Bratt», begann Adalbert.

«Mir geht es gut», sagte Mister Bratt, «wie geht es Ihnen, Mister Bedalbert?» «Miserabel», antwortete Adalbert.

«Das freut mich aufrichtig», sagte Mister Bratt, «hoffentlich haben Sie mit Ihrer neuen Arbeit so viel Spaß wie ich mit meiner. Ich bin jetzt in der Marktlückenabteilung. Soeben habe ich eine Marktlücke für ein Gedicht gefunden. Wollen Sie es hören?»

«Eigentlich nicht», sagte Adalbert.

«Gerne», sagte Mister Bratt. «Es ist ein Gedicht über die gute alte Zeit. Die gute alte Zeit ist eine Marktlücke von riesenhaftem Ausmaß. Das ist schon keine Marktlücke mehr, das ist ein Marktkrater. Also das Gedicht geht so:

Man traf sich am Sonntag auf den Wiesen,
bei Regen im Saal
vom vorigen Mal,
und spielte mit vergangenen Paradiesen,
verlor eine wunderbare Zeit.

Der Wind kam, geteilt in kleine Brisen,
und du warst bei mir
am zweiten Klavier,
umgeben von Doktoren und Marquisen,
so pflaumenweich
und lügenreich.

Am Rande sang ein Kolibri,
die Stirn umwölkt von Crêpe de Chine.
Ein Käuzchen schrie,
und irgendwie
verblühte viel zu viel Jasmin.

So schnell schwand der Sonntag auf den Wiesen.
Im Schweigen nach Vier
war niemand mehr hier.
Es roch noch nach Libellen und Luisen,
doch weit war das Wort.
Die Sonne sprang fort.
Man las noch einen allerletzten Brief
und schlief und schlief und schlief.»

«Ein scheußliches Gedicht», sagte Adalbert. «Diese vielen Assoziationen»

«Nicht wahr?», freute sich Mister Bratt. «Das wird ein Bombengeschäft. Aber jetzt muss ich weitermachen, goodbye!»

«Einen Moment», schrie Adalbert, «das Wichtigste kommt doch noch. Meine Sekretärin ist meine Frau.»

«Gratuliere!»

«Nein», donnerte Adalbert, «Sie verstehen mich nicht. Meine Sekretärin war meine Frau, wir sind jetzt geschieden. Sie hat sich irgendwie hier eingeschlichen.»

«Unsinn», sagte Mister Bratt, «bei uns schleicht man sich hinaus, nicht herein. Sie müssen auf andere Gedanken kommen. Mister Bloom aus San Francisco ist hier. Wollen Sie heute Abend mit ihm ins Theater gehen? Ich hasse Theater.»

«Gut», sagte Adalbert, «ich habe ja Gott sei Dank vergessen, wie ein Theater aussieht.»

«Ausgezeichnet», sagte Mister Bratt, «sehen Sie, wie leicht das alles ist? Good-bye!»

«Theaterkarten?», fragte Grete, und alle drei legten das Telefon auf.

«Theaterkarten», befahl Adalbert. «Und morgen haben Sie frei.»

DRITTES KAPITEL

Das mit dem Theater war Schwindel. Es gab kein Theater, sondern Adalbert und Mister Bloom saßen nun im Flugzeug nach Los Angeles. Hübsche Stewardess, dachte Adalbert und bemerkte mit Schrecken, dass die Stewardess Grete war.

Mister Bloom war nicht sehr gesprächig. «Ich weiß nicht, wozu wir nach Los Angeles fliegen», brummte er, «Sie hätten mir die Verträge ja auch in New York vorlegen können.»

«Da es kein Theater gab», sagte Adalbert, «wollte ich Ihnen einen Ersatz bieten.»

«Theater?», fragte Mister Bloom. «Oh, ich fand es nicht schlecht. Das Stück hatte Spannung, Atmosphäre, aber er ist auch ein berühmter Schriftsteller, nicht wahr? Und die Regie! Eigentlich sind mir Musicals lieber, Girls, Girls, Girls. Andererseits ist es ein Jammer mit den Girls, auf der Bühne sehen sie immer so lecker aus, und wenn man sie im Bett hat, haben sie ganz gewöhnliche Beine.»

«Irgendwo mussten wir die Verträge schließlich unterschreiben», sagte Adalbert. «Das Hotel war geschlossen, das Theater ebenfalls, die Straßen waren voll Schnee, wo hätten wir hingehen sollen? Hier im Flugzeug ist es warm und man bekommt zu essen.»

«Das Theater war geschlossen?», fragte Mister Bloom. «Wovon reden Sie? Wir waren doch im Theater. Und nachher in dieser hübschen Bar. Ihre Sekretärin saß auf meinem Schoß. Hatten Sie denn so viel getrunken, dass Sie sich nicht erinnern? Das Stück war übrigens ausgezeichnet – ich meine das Theaterstück, nicht Ihre Sekretärin. Sie sind mir ja einer! Gut, dass ich Sie abgeworben habe! Was wollen Sie auch in dieser schrecklichen Firma!»

«Ach, deswegen fliegen wir nach Los Angeles», erinnerte sich Adalbert, «ich arbeite also jetzt für Sie.»

«Wir sind eine große Familie», meinte Mister Bloom, «meine Firma ist nicht in Los Angeles, sondern in San Francisco. Aber das ist egal. Wenn Sie wollen, eröffne ich für Sie eine Zweigstelle in Los Angeles. Dabei kann gar nichts schief gehen. Es wird ja immer schwieriger, kein Geld zu verdienen.»

Adalbert sah sich um. Das Flugzeug schnurrte wie ein Kätzchen. Die meisten Passagiere schliefen. Wenn ich nur wüsste, woran es liegt, dachte er, die Wirklichkeit wäre zu finden gewesen, wenn ich sie rechtzeitig gesucht hätte, aber jetzt ist sie einfach zu weit, ihr Vorsprung ist zu groß. Mister Bloom seufzte und guckte in seine Zeitung. Draußen fliegt jemand, dachte Adalbert, vielleicht bin ich das selber. Mein Leben wird erst beginnen, wenn ich die Wirklichkeit träume, dann werde ich wissen, woran ich bin, Anpassung, Vererbung, Beschwichtigung, man ahnt, man fürchtet, aber das Ganze zerfließt, als wäre es ein Roman, vielleicht ist es einer. «Ich muss Ihnen etwas anvertrauen, Mister Bloom», sagte er, «die Stewardess ist meine Frau.»

«Machen Sie keine Witze!»

«Sie würde es natürlich nie zugeben», sagte Adalbert, «aber es stimmt. Sie heißt Grete. Eigentlich sollte sie in Deutschland sein und auf unsere Kinder aufpassen, aber wir haben keine.»

«Sie sind mir schon im Theater so komisch vorgekommen», sagte Mister Bloom.

«Sie mir auch», meinte Adalbert, «das gleicht sich aus. Wenn es Ihnen nicht passt, können Sie ja dem Piloten sagen, er soll umkehren. Ich bin sicher, die anderen Passagiere hätten nichts dagegen. Wer will schon nach Los Angeles!»

«Geben Sie die Verträge her!», sagte Mister Bloom und unterschrieb sie rasch.

Nachdem sie in Los Angeles gelandet waren, wollte

Adalbert nicht aussteigen. «Ich fliege zurück», erklärte er, «in New York ist es wärmer.»

«In New York liegt Schnee», sagte Mister Bloom.

«Ja, aber warmer Schnee», erwiderte Adalbert. «Außerdem sind die Verträge unterschrieben, also was soll ich hier?»

«Wir steigen ja nur um und fliegen weiter nach San Francisco.»

«Nein!»

«Wenn Sie hier aussteigen, stelle ich Ihnen meinen Psychiater vor. Er ist weltberühmt.»

«Meinen Sie, er könnte mir helfen?»

«Wenn er Ihnen nicht helfen kann, dann kann Ihnen niemand helfen», sagte Mister Bloom.

«Also gut», seufzte Adalbert und stieg aus.

Der Psychiater hieß Dr. Poison und residierte im Poison-House auf dem Wilshire Boulevard. «Das ganze Haus gehört ihm?», fragte Adalbert.

«Natürlich», sagte Mister Bloom, «das ist die berühmte Poison-Klinik. Über hundert Betten.»

«Wo sind die Verträge?»

«Ich habe sie nach New York schicken lassen», versicherte Mister Bloom. «Ich muss jetzt weiter nach San Francisco. Sie können hier bleiben. Dr. Poison hat ein Zimmer für Sie. Wenn es dann so weit ist, kommen Sie nach San Francisco nach.»

«Mir ist alles recht», sagte Adalbert.

Aber als er von Grete in der Uniform einer Krankenschwester empfangen wurde, wollte er wieder fliehen. «Was haben Sie denn?», fragte Grete.

«Du bist doch meine Frau!»

«Schon gut», sagte Grete, «Dr. Poison wird sofort mit Ihnen sprechen.»

Mister Bloom verabschiedete sich hastig und Adalbert wurde zu Dr. Poison geführt, einem großen, schönen dunkelhaarigen Mann mit schwarzen stechenden Augen.

«Sie sehen aus wie Rasputin», sagte Adalbert.

«Wenn ich Rasputin bin, sind Sie Katharina die Große», meinte Poison.

«Unmöglich!», sagte Adalbert. «Katharina die Große lebte im vorigen Jahrhundert, Rasputin im gegenwärtigen.»

«Na also», sagte Poison, «Sie sind bereits auf dem Weg zur Besserung.»

«Aber Sie nicht.»

«Das stimmt», sagte Poison, «aber was wollen Sie? Ich bin auf der Flucht. Schon seit Jahren! Ich sitze in diesem Haus und warte, dass mich jemand herausholt.»

«Haben Sie einen stummen Diener?»

«Leider nein. Alle Diener, die ich besitze, reden unaufhörlich. Jeden Morgen wache ich hier auf, jede Nacht schlafe ich hier ein. Dabei sind alle Türen offen, und Geld strömt herein. Aber niemand geht hinaus, am wenigsten ich selber.»

«Und meine Frau, Ihre Krankenschwester?»

«Ihre Frau, meine Krankenschwester, besteht darauf, dass ich hier bleibe. Sie bringt mir Patienten, bis ich abends erschöpft umfalle.»

«Warum erzählen Sie mir das alles?»

«Sie sind seit Jahren der erste, der mir zuhört. Aber ich sehe, auch Sie glauben mir nicht. Ich werde es Ihnen beweisen.» Poison klingelte der Krankenschwester, die sofort erschien. «Schwester», sagte er, «ich bin müde. Ich gehe jetzt zu Bett.»

«Frau Steiner ist hier», antwortete Grete, «sie wartet bereits seit einer Stunde. Dr. Gangrene wartet auf Ihren Rückruf und Mister Thorpe muss jeden Augenblick hier sein. Sie haben mir eingeschärft, gerade Mister Thorpe augenblicklich zu Ihnen zu bringen.»

«Es ist gut», sagte Poison, «dann gehe ich eben nicht zu Bett.»

Die Schwester nickte und ging hinaus. «Sehen Sie?», sagte Dr. Poison. «Ich kann das Haus nicht verlassen. Unten sitzt ein Pförtner, der würde mich sofort erkennen und Alarm geben. Natürlich nicht mit einer Sirene. Er würde mich rufen, er würde sagen, er hat mir etwas zu bestellen, würde mich aufhalten und während ich wartete, käme irgendjemand, um etwas von mir zu verlangen, und ich käme nie aus dem Haus.»

«Sie müssen heimlich hinaus. Vielleicht bei Nacht.»

«Gerne, aber wie? Ich besitze kein Auto. Ich kann auch von hier nicht direkt telefonieren, nur über die Zentrale, die Tag und Nacht geöffnet ist. Riefe ich ein Taxi – ach, es ist hoffnungslos – in Los Angeles gibt es kein Taxi.»

«Kein Taxi?»

«Nur am Flughafen und gegen Vorbestellung. Hier hat doch jeder sein eigenes Auto.»

«Und warum hält man Sie gefangen?»

«Das ist schwer zu sagen. Vielleicht bilde ich es mir auch nur ein. Tatsache ist, ich habe wiederholt versucht, das Haus zu verlassen, und es ist mir nicht gelungen. Entweder sind es die Umstände – unsere Zeit – oder was weiß ich? Ich bin schließlich nur ein weltberühmter Psychiater, wie soll ich wissen, was in der Welt vorgeht? Oder es ist wirklich eine Verschwörung. Ich habe hier zweihundert fest angestellte Menschen und weitere vierzehnhundert hängen direkt oder indirekt von mir ab – von den vielen Patienten ganz zu schweigen.»

«Kennen Sie Staatsgeheimnisse?»

«Auch das. Der Präsident war einige Male hier. Er hat mir viel erzählt, aber er hat mir überhaupt nicht zugehört.»

«Ich lande mit einem Hubschrauber auf einem Dach und entführe Sie», sagte Adalbert. «Das merkt der Pförtner nie.»

«Ausgeschlossen!», protestierte Poison. «Man würde es für einen Überfall halten. Man würde die Polizei alarmieren, und die würde Sie erschießen.»

«Gut, dann zünden wir alles an und lassen uns von der Feuerwehr die Leiter hinunterholen. Wenn wir einmal auf der Straße sind, rennen wir bis zum nächsten Bus.»

Dr. Poison dachte nach. «Nicht sehr schlecht», sagte er schließlich, «aber auch nicht sehr gut. Wenn mich ein Feuerwehrmann für verletzt hält, verfrachtet er mich in einen Krankenwagen und bringt mich zurück.»

«Wie wär's mit der Feuerleiter außerhalb des Hauses?»

«Wir sind im achtunddreißigsten Stock», sagte Poison. «Was Sie da vorschlagen, ist eine Bergpartie. Da brauchen wir Seilschaften, Zelte, Eispickel – »

«Jetzt habe ich es!», rief Adalbert. «Dem Mutigen gehört die Welt. Sie rennen einfach und ich gebe Ihnen Rückendeckung.»

«Sie meinen – ?»

«Sie rennen zur Tür, rennen hinunter, rennen am Pförtner vorbei, bevor er Sie aufhalten kann – »

«Moment», sagte Poison, «so einfach ist das nicht. Angenommen ich komme an der Krankenschwester vorbei – dann muss ich zum Fahrstuhl. Auf den Fahrstuhl muss man warten. Bis dahin hat sie mich eingeholt.»

«Ich gehe voraus und halte den Fahrstuhl für Sie fest. Wenn Sie kommen, springen wir beide hinein.»

«Dann alarmiert sie den Pförtner. Der Fahrstuhl hält schließlich mindestens sechs Mal, bevor wir unten ankommen.»

«Himmelherrgott», schrie Adalbert, «wenn Sie kein Risiko auf sich nehmen wollen, wozu sind Sie dann Psychiater geworden?»

«Verzeihen Sie», sagte Dr. Poison, «ich hatte mich vergessen. Also gut, wir wollen es riskieren. Aber die Frage bleibt: Was machen wir, wenn wir draußen sind?»

«Wir schlagen uns zum Flugplatz durch und nehmen das nächste Flugzeug irgendwohin.»

«Sie sind wahnsinnig», entschied Dr. Poison. «Das ist ja

auch kein Wunder, wozu hätte man Sie sonst zu mir geschickt! Hören Sie zu: Wir sind in Amerika, und ich bin hier bekannt wie ein bunter Hund. Mindestens einmal pro Woche kommt das Fernsehen her, und ich teile Millionen von Amerikanern mit, was sie im Leben alles falsch machen. Es wäre unmöglich für mich, ein normales Flugzeug zu besteigen wie ein normaler Mensch. Schon während ich auf das Flugzeug wartete, entstünde ein Menschenauflauf, die Polizei müsste mich schützen und – aber halt! Ich habe eine Idee: Ich habe einen Freund, der ein Privatflugzeug besitzt und dazu noch eine Privatinsel irgendwo im Stillen Ozean. Der könnte uns abholen, hinbringen – aber wie kann ich mit ihm telefonieren, ohne dass unser Telefonfräulein mithört?»

«Wo sitzt das Fräulein?»

«Zwei Stock tiefer.»

«Rufen Sie ihn an und wenn Sie ihn am Apparat haben, gehe ich hinunter und lenke das Telefonfräulein ab.»

«Gut», sagte Poison, «wir wollen es versuchen. Mehr als Erfolg haben können wir nicht. Ich bin Ihnen sehr verbunden. Wenn Sie Wert darauf legen, gebe ich Ihnen zwanzig Prozent Rabatt auf mein Honorar.»

«Ich zahle es sowieso nicht», meinte Adalbert.

«Dann gebe ich Ihnen fünfzig Prozent», sagte Poison, «damit sich mein Verlust in Grenzen hält.» Er griff zum Telefon. «Geben Sie mir Langston Longfellow in Dallas», sagte er, und schon nach einer Minute nickte er Adalbert zu. «Ich habe ihn», flüsterte er.

Adalbert raste hinaus. Draußen saß Grete und versperrte den Weg. «Tag, Grete», sagte Adalbert, «ich habe schon seinerzeit in Deutschland vergessen, dich zu ermorden. Das könnte ich jetzt nachholen.»

Grete schrie und rannte zu ihrem Schreibtisch. Sie sah aus, als hätte sie eine Pistole in der Lade. Adalbert überlegte nicht lange, lief zum Korridor und dort die Treppen hinunter. Zwei Stock tiefer erblickte er das Schild «Telefonzentrale» und hüpfte hinein. Das Telefonfräulein schien überrascht. «Was wollen denn Sie hier?», fragte sie. «Können Sie nicht telefonieren wie jeder andere?»

«Grete!», schrie Adalbert. «Seit wann bis du Telefonfräulein?»

«Ich heiße Jennifer», sagte die Telefonistin, «machen Sie, dass Sie hinauskommen! Ich muss hier ein wichtiges Gespräch belauschen.»

«Grete», sagte Adalbert, «es tut mir ja alles so leid. Ich hätte bei Dir bleiben sollen. Aber jetzt bin ich zurückgekommen, um dir wenigstens einen Kuss zu geben. Wenn du willst, bin ich auch bereit, dich zu vergewaltigen.»

Das Fräulein drückte auf einen Knopf. «Ich habe die Hauspolizei alarmiert», sagte sie.

«Bis die da sind, habe ich dich drei bis vier Mal vergewaltigt», erklärte Adalbert und ging strahlend auf sie zu.

VIERTES KAPITEL

Die Flucht glückte. Vor dem Tor wartete der Wagen mit dem Chauffeur des Mister Longfellow aus Dallas, Adalbert und Dr. Poison sprangen hinein und wurden in Windeseile zu einem kleinen, fast geheimen Flugplatz gebracht, wo ein Privatflugzeug ihrer harrte, und schon kurze Zeit später befanden sie sich hoch über dem Pazifik, auf dem Weg zur Insel des texanischen Millionärs.

«Wann landen wir auf der Insel?», fragte Adalbert.

«Wir landen gar nicht», erwiderte Poison, «die Insel hat keinen Flugplatz. Wir springen mit dem Fallschirm ab.»

«Und wenn wir daneben springen?»

«Keine Sorge! Der Pilot kennt sich aus. Er macht das im Tiefflug. Und so klein ist die Insel wieder nicht. Natürlich ist sie total unbewohnt, aber es gibt ein Haus mit Möbeln und Wäsche und es gibt Wasser. Es gibt keinen elektrischen Strom, aber es ist warm und das Heißwasser kriegen wir per Öl. Neben dem Haus ist ein riesiger Tank mit Pumpe und Generator. Eigentlich ist für alles gesorgt. Die Insel ist fruchtbar und jede Woche wirft ein Flugzeug Versorgung ab. Kino gibt es allerdings nicht.»

«Und wenn wir wieder weg wollen?»

«Wir wollen ja nicht. Aber wenn doch, müssen wir dem Piloten, der uns jede Woche überfliegt, ein Zeichen geben. Dann kommt entweder ein Schiff oder ein Hubschrauber. Jetzt, da es soweit ist, haben Sie doch hoffentlich keine Angst?»

«Angst? Was ist das?», fragte Adalbert zitternd.

«Eben», sagte Dr. Poison. «Im Haus ist übrigens ein Buch mit genauen Verhaltensmaßregeln. Das letzte und einzige Zeugnis der Zivilisation.»

«Wenn ich das meinem stummen Diener erzähle!», sagte Adalbert.

«Es ist zweifelsohne ein großer Fortschritt», meinte Dr. Poison, «aber allein hätte ich es nie geschafft. Stellen Sie sich vor, in Iowa hat ein Ornithologe herausgefunden, dass eine bestimmte Art von Papagei den Menschen für verrückt hält und seine Ausrottung plant.»

«Wie wollen die denn das machen?»

«Psychisch. Es führt jetzt zu weit, Ihnen das zu erklären, aber es läge im Bereich des Möglichen. Wie ja überhaupt die Welt daran krankt, dass zu viel im Bereich des Möglichen liegt. Wir müssen halt jetzt unser Bestes tun, eine Brücke schlagen, weg vom Möglichen. Können Sie mir folgen?»

«Selbstverständlich», sagte Adalbert. «Und Sie? Können Sie mir folgen?»

«Sie sind der Einzige, dem ich folgen möchte», sagte Poison. «Wenn wir beide versuchen, einander zu folgen, können wir die Menschheit retten.»

«Es wird hell draußen», sagte Adalbert, «wahrscheinlich nähern wir uns der Insel.»

Sie sprangen ab.

«Ein astronautisches Gefühl!», meinte Dr. Poison, nachdem er sich von seinem Fallschirm befreit hatte.

Adalbert, dessen Fallschirm sich in einem Baumwipfel verfangen hatte, hatte einige Mühe, zu Boden zu kommen. Fast hätte er ein Bein gebrochen und niemand weiß, was dann aus der Welt geworden wäre. Aber schließlich befreite er sich von seinem Fallschirm und kletterte den Baum hinunter. «Amerika ist es jedenfalls nicht», sagte er, während er sich umsah.

«Amerika pfui», sagte Poison. «Ein Land, in dem Likörbonbons verboten sind, kann kein gutes Land sein.»

Sie fanden das Haus und richteten sich ein. Sie beschlossen, sich Bärte wachsen zu lassen und nackt zu gehen. Sie lasen das Buch mit den Verhaltensmaßregeln und wussten, dass sie es nie wieder lesen würden. Sie legten ihre Schuhe ab und wickelten sich weiche Tücher um die Füße, die sie mit Riemchen, die sie im Haus gefunden hatten, festbanden. Der Tag verging und die Insel bebte ein wenig.

«Es ist gut, dass wir hier sind», sagte Adalbert, «es ist überhaupt das Beste, seit mich die Welt überfiel.»

«Da bin ich anderer Meinung», unterbrach ihn sein stummer Diener. «Wenn wir hier sind, worüber sollen wir uns beschweren?»

«Wir können uns darüber beschweren, dass wir hier sind», schlug Adalbert vor, «wir können sogar darüber Verträge abschließen.»

«Mir gefällt die Sache so gut wie kaum», antwortete der stumme Diener. «Sie können ja schlafen gehen. Aber was mache ich?»

«Sie können schweigen», meinte Adalbert, «das ist viel. Gäbe es das Wort ‹Präsident› nicht, dann gäbe es auch keine Präsidenten.»

«Es ist das Tiefsinnige, das die Welt ins Unglück stürzt», klagte der stumme Diener. «Neben der Protzerei und den Bleistiften ist das Tiefsinnige der Kardinalfehler der Webart.»

«Sie überheben sich da ein wenig», sagte Adalbert. «Es gibt schließlich auch Bleistifte, die zeichnen können, nicht nur unterzeichnen. Seit Lots Frau ist viel Zeit vergangen. Heutzutage erstarrt man zur Salzsäule, wenn man vorwärts blickt, nicht wenn man zurückschaut.»

«Das mit dem Überbieten ist auch noch sehr menschlich an Ihnen. Sie können es offensichtlich nicht lassen.»

«Offensichtlich», sagte Adalbert und schämte sich.

«Irgendwann werden Sie noch anfangen nachzudenken, Sie werden planen, Sie werden Nachkommen haben wollen, Sie werden die Poesie vergessen und dick werden.»

«Ich werde vielleicht Wurzeln schlagen», sagte Adalbert,

«aber ich werde nie die Poesie vergessen. Es darf nur nichts dazwischenkommen, daher die Insel.»

«Das haben alle gesagt, die auf eine Insel gingen», sagte der stumme Diener, «aber bald werden wir zu streiten beginnen.»

«Wenn zwei sich streiten, freut sich irgendwer», antwortete Adalbert, «und das ist doch sehr begrüßenswert oder ich begrüße Sie sehr herzlich.»

«Sie fragen zu wenig», sagte der stumme Diener. «Sie haben sich überhaupt sehr geändert. In Amerika konnten Sie sich reiben, was werden Sie hier tun? Der Mensch braucht Reibung, im Sinne von Huxley.»

«Der Mensch braucht Namenlosigkeit und Mangel an Adressen.»

«Aber Sie haben doch Namen und Adresse!»

«Nur weil es schon dunkel ist. Im Dunkel wurde die Welt geboren, am Anfang war das Licht, aber vor dem Anfang das Dunkel. Ich weiß – Sie werden sagen, ich philosophiere bereits. Vielleicht war es der Fallschirm, die Drohung des Beinbruchs, das Plötzliche. Schon als Kind konnte ich nichts Plötzliches vertragen. Wo nur Dr. Poison bleibt?»

«Dr. Poison hält Sie für unvollendet.»

«Und Sie meinen, ich bin es nicht?»

«Ich meine gar nichts», sagte der stumme Diener, «und wenn ich etwas meine, dann ist es falsch. Sie sind Ihre einzige Hoffnung. Bei mir ist das anders.»

«Bei mir auch, zumindest wenn ich schlafe.»

«Wenn nur ein Hund neben Ihnen schläft, haben Sie keine Chance», sagte der stumme Diener, «geschweige ein Kind, geschweige Dr. Poison. Sie leben ja hier als Gegensatz, anstatt als Nebensatz. Ich mache Ihnen keine Vorwürfe, denn ich bin ja blind. Ich bin blind, stumm und taub seit meiner Geburt, seit meinem Tod und über mein Alter hinaus. Wer weiß, vielleicht haben Sie Unrecht und lernen eines Tages den Gesang der Tiere. Aber ich fürchte, Sie werden Recht behalten und alles verlieren. Alles verlieren heißt alles verzeihen, alles verzeihen heißt alles verschwinden, alles verschwinden heißt ankommen. Und wer ankommt, hat nichts mehr. Es gibt nichts Trostloseres, als anzukommen.»

«Sie werden ja melancholisch, mein Lieber», sagte Adalbert. «Das hätte ich Ihnen nie zugetraut.»

«Ich gebe zu, ich gebe zu», sagte der stumme Diener. «Vielleicht sollten wir schlafen gehen, bevor ich mich total vergesse.»

Und als es hell wurde, war Adalbert allein. Vorsichtig tastete er sich durch das Paradies. Aber zu seinem Erstaunen bemerkte er am Strand ein Zelt und neben dem Zelt ein Auto. Aus dem Zelt trat Grete und sagte: «Da bist du ja! Wo warst du denn die ganze Zeit?»

«Wie bist du hierher gekommen?», rief Adalbert.

«Ich bin dir nachgefahren», erklärte Grete. «Du bist schließlich mein Mann.»

«Mit dem Auto? Hier gibt's doch keine Straßen! Ich verstehe es nicht.»

«Das ist auch gar nicht nötig», sagte Grete. «Wo wohnst du hier? Und was arbeitest du? Wer kocht für dich? Wo finde ich einen Friseur?»

«Der Friseur kommt wahrscheinlich morgen», sagte Adalbert niedergeschlagen.

«Wieso bist du nackt?», fragte Grete. «Wie viel verdienst du? Was macht man hier abends? Wo ist das nächste Telefon?»

Auch Dr. Poison trat aus dem Zelt. «Ich habe es gewusst», sagte er. «Es wird uns nichts anderes übrigbleiben, als uns zu duellieren.»

«Wir könnten aber auch Grete zurückschicken», entgegnete Adalbert.

«Nein», sagte Dr. Poison, «das Flugzeug kommt erst

nächsten Donnerstag und so lange können wir nicht warten. Es ist drei Minuten vor zwölf.»

Lange saßen die drei am Strand und dachten nach. Gelegentlich sagte einer etwas. Es war zu spät für Kompromisse. Es konnte auch niemand nach Hause gehen. Als sie hungrig wurden, warf das Flugzeug etwas ab. Als sie müde wurden, nahmen sie Pillen, die Dr. Poison mitgebracht hatte. Nach und nach verwelkte das Zelt, aber sie saßen immer noch da. Schließlich sagte Dr. Poison: «Ich glaube, ich habe die Lösung.»

NACHWORT

Im Grund genommen, muss man schon zufrieden sein, wenn in einem Roman niemand stirbt. Ich glaube nicht, dass ich imstande gewesen wäre, den Roman zu beenden, ohne dass Adalbert oder Grete oder Dr. Poison oder alle gestorben wären. So aber musste Dr. Poison nur eine Lösung finden. Was die Lösung war, weiß ich natürlich nicht. Schriftsteller haben Politikern immerhin voraus, dass sie wissen, dass jemand die Lösung hat, Politiker wissen nicht einmal das. Alle Politiker sind da gleich, sie haben nur verschiedene Gesichter, damit man sie auseinanderhalten kann.

Dr. Poisons Lösung war, des bin ich sicher, eine idealistische, denn je weiter man ein Problem hinter sich lässt, umso größer wird der Idealismus. Es ist aber nicht anzunehmen, dass Poison wahnsinnig war, wie so viele Idealisten. Immerhin verließ er Amerika, und das spricht für seine Vernunft. Der einzige Unterschied zwischen normalen und wahnsinnigen Menschen ist sowieso nur der, dass die normalen nicht wissen, dass sie wahnsinnig sind.

Poisons Lösung hatte wahrscheinlich zwei Prämissen, eine banale und eine rationale. Die banale Prämisse dürfte gewesen sein, dass die Hoffnung auf eine bessere Zukunft genau so falsch sein muss wie der Glaube, dass früher alles besser war; dass also unsere einzige Rettung in der Gegenwart liegt. Als rationale Prämisse Poisons stelle ich mir vor, dass er sich weigerte, sich durch Tatsachen stören zu lassen. Er scheint gewusst zu haben, dass Tatsachen sich zwar schwer verscheuchen lassen, dass sie aber dafür meistens nicht stimmen.

Ich freue mich, dass mein Roman ein Happy End hat. Jeder Roman sollte ein Happy End haben, sonst wäre er ja wahr. Und ich freue mich, dass der Amerikaner die Lösung gefunden hat, nicht der Deutsche. Deutsche sollten Lösungen suchen, Amerikaner sollten sie finden.

Amerikaner sind selten glücklich. Wer in Amerika glücklich ist, kann kein guter Mensch sein. Dafür sind Amerikaner dankbar für die Freiheit, die sie zu haben glauben. Es gibt aber in Amerika nur zwei Arten von Freiheit: Erstens, die Freiheit, ein Leben ohne Ausreden zu führen, und das ist keine günstige Art von Freiheit. Denn da muss man die Schuld für sein unglückliches Schicksal bei sich selber suchen, statt, wie jeder Europäer, bei seinem Staat oder bei seiner freudlosen Kindheit. Und zweitens, die Redefreiheit, die aber den Amerikanern nichts nützt, da ihnen niemand zuhört. Viele Amerikaner flüchten daher in den Sport, und was ist trauriger, als das Leben eines Sportlers?

Über Deutschland hingegen ließe sich viel Positives sagen, wenn das Negative nicht lustiger wäre. Die Deutschen sind im allgemeinen ein faires Volk: Sie können sich selbst nicht leiden. Daher möchten sie so wenig deutsch sein wie möglich, was natürlich unmöglich ist. Dabei sind die Deutschen nicht unpatriotisch. Sie würden alles für Deutschland tun, wenn sie nicht auch in Deutschland leben müssten. Am patriotischsten sind sie beim Fußballspiel. Ganz Deutschland sieht allmählich ein wenig aus wie ein Fußballspiel: Die meisten Leute schauen zu und brüllen, ein paar kaufen oder verkaufen etwas, und nur zweiundzwanzig Menschen strengen sich wirklich an. Außerdem lieben es die Deutschen, gebildet zu sein, aber sie benützen ihre Bildung vor allem dazu, um zu bemerken, wie ungebildet die anderen sind. Vor allem deutsche Professoren haben meistens mehr Bildung, als sie verstehen. Aber so schlecht, wie die meisten Nichtdeutschen glauben, sind die Deutschen nicht. Das wäre ja auch gar nicht möglich.

Der unvollendete Roman ist also fertig. Vielleicht ist er eine Dummheit, aber er ist keine Lüge. Heutzutage kann kein Mensch mehr lügen, ohne auch die Wahrheit zu sagen.

Mir ist wichtig, dass das, was ich schreibe, menschlich ist, denn erstaunlicherweise halten die meisten Menschen Menschlichkeit noch immer für etwas Besonderes. Außerdem ist mir natürlich wichtig, dass ich mich überhaupt entschließen konnte, ein Romanfragment zu schreiben, und dass Sie sich überhaupt entschlossen haben, es zu lesen. Im Talmud steht: Mit drei Dingen soll man sparsam umgehen: Mit Hefe, mit Salz und mit Unentschlossenheit.